세주의 인사

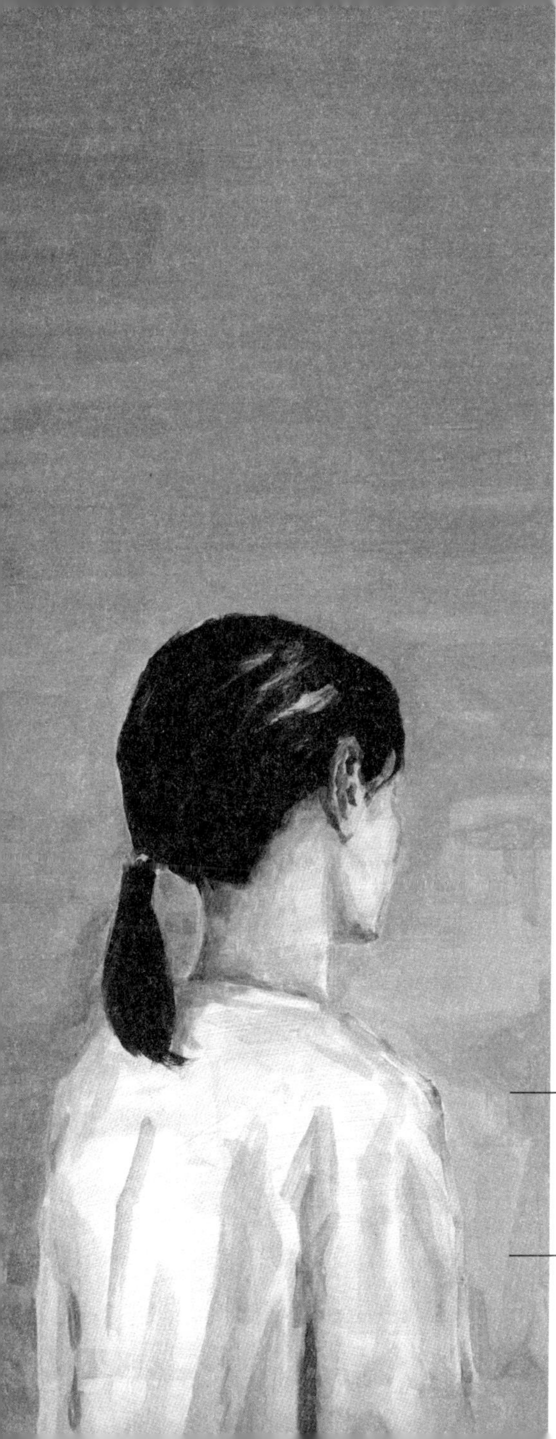

세주의 인사

장은진 소설

작가
정신

차례

1. 냉장고를 부탁해   7
2. 모든 세계의 끝에는   47
3. 빈방에 놓인 화분   85

— 추천의 글
  당신에게 가장 중요한 것은 무엇입니까
  _정이현(소설가)   127

— 추천의 글
  'ㅁ'을 남겨주세요, 내가 이어 쓸게요
  _차경희(고요서사 대표)   129

— 작가의 말   133

1. 냉장고를 부탁해

지금 이 순간, 내 방 시간은 과거와 다르게 흘러가는 것 같았다. 아니 멀리 갈 필요도 없이 오늘 아침 내 방 시간과 다르게 흘러가고 있었다.

침대 옆에 뜬금없이 놓인 저 냉장고를 어떻게 설명해야 할까. 그것은 레트로 냉장고로 유명한 코스텔 제품이었다. 원 도어에 깎아놓은 듯 모서리가 동글동글하고 표면이 반질한 새빨간 냉장고. 냉장고 상단에는 'COSTEL'이란 은색 알파벳 조각이 띄엄띄엄 붙어 있었다. 강렬한 빛깔의 그 소형 냉장고 위에는 토기 화분 하나가 덩그러니 놓여 있었다. 내가 집을 잘못 찾아왔나. 아니면 내일부터 시작될 여름휴가를 시원하게 보내라고 빨간 복장을 하고 나타난 산타클로스가 놓고 간 선물일까. 땀을 뻘뻘 흘리며 퇴근한 나는 문지방을 밟고 한참 동안 서 있었다. 그러고는 내 키보다 작은 저 냉장고를 어디서 봤는지 기억을 더듬으며 좁아진 방으로 발을 내디뎠다. 알파벳 COSTEL 아래, 가로로 긴 크롬 재질의 손잡이로 팔을 뻗으려는데 찐득찐득한 무언가가 슬리퍼에 달라붙었다. 포스트잇이었다. 냉장고에 붙어 있다 접착력이 다해서 바닥으로 떨어진 것 같았다. 허리를 수그려 슬리퍼 밑창에서 분홍색 포스트잇을 떼어내 뒤집었다.

동하 씨, 냉장고를 부탁해. 화분도. ─세주

세주라면 일 년 전에 헤어진 여자 친구였다. 그러고 보니 세주와 헤어진 뒤로도 현관문 비밀번호를 바꾸지 않고 아직까지 사용하고 있었다. 나는 다시 포스트잇을 들여다봤다. 내가 아는 세주의 글씨체는 단정하고 반듯했다. 그런데 옆으로 눕고 흘려 써서 어떤 글자는 앞뒤 음소 맥락으로 겨우 알아볼 수 있었다. 쫓기듯 급하게 쓴 메모가 분명했다. 구체적인 상황 설명이나 남길 말이 더 있는데 미처 못하고 서둘러 마무리 지은 것 같았다. '화분도' 옆에 쓰다 만 자음 'ㅁ'이 그것을 말해주고 있었다. 무슨 말을 하려다 관둔 걸까. 차마 못한 것일까, 시간이 없어서 못한 것일까. ㅁ으로 시작하는 말에 무엇이 있을지 생각했다. '미안해'라고 하려고 했을까. '만날 수 있으면 좋았을 텐데'라고 하고 싶었을까. '많이 당혹스럽겠지만'으로 시작하는 게 지금 상황에 맞을 것도 같았다.

팔을 뻗어 냉장고 위에서 화분을 내렸다. 이제 막 싹을 틔운, 죽순 형태의 연한 새순이 흙을 뚫고 나와 있었다. 너무 작아서 무슨 식물인지 아직은 알 수 없었다. 잎사귀 형태로 뚜렷하게 자랐대도 무슨 식물인지 모르기는 마찬가지였을 것이다. 화분을 도로 올려놓고 포스트잇을 냉장고에 붙였다. 손을 떼자 다시 떨어지려고 해서 엄지손가락으로 잠시 꾹 누르고 있었다. 힘을 많이 줬는지 손톱이 금세 창백해졌다.

곰곰 생각해보니 이 빨간 냉장고는 세주 집에서 본 적이 있었다. 세주와 육 개월을 만났고, 만나는 동안 세주의 집에 한 번 가봤다. 세주는 누추하다며 자신의 집에 초대하길 꺼렸지만, 딱 한 번 나를 위해 그 문을 열어주었다. 중소기업 경리과에 취직한 지석 달쯤 되고 직원들 월급을 잘못 정산하는 큰 실수를 저질러서 징계 위기에 놓인 날이었다. 그날 세주는 나를 위로해준다며 단골 막창집으로 데려가 소주를 사주었다. 술자리는 새벽 두 시까지 이어졌지만 불안한 마음은 좀체 사그라들지 않았다. 그러자 세주가 2차로 자신의 집에서 한잔 더 하자며 끌고 갔다. 새벽 여섯 시까지 술을 마셨고, 세주는 점심때 콩나물 해장국도 칼칼하게 끓여주었다.

당시 저 냉장고에는 온갖 종류의 술이 잔뜩 들어 있었다. 아예 술 보관용으로 따로 구매한 냉장고라는 생각이 들었다. 근데 세주는 왜 술 냉장고를 내 집에 두고 갔을까. 그것도 부엌이 아닌 안방 침대 옆에. 엄지손가락을 떼자 포스트잇은 붙어 있을 듯하다 도로 떨어져버렸다. 다시 주우려다 관두고 땀범벅인 옷을 훌훌 벗어 던졌다. 나는 일단 샤워부터 끝낸 뒤 시원한 맥주나 마셔야겠다고 생각하고 욕실로 들어갔다. 드디어 내일부터 기다리고 기다리던 여름휴가였다.

샤워를 마친 나는 이번 휴가만큼은 시계를 보지 않고 지내겠다는 요량으로 집 안 여기저기 놓여 있는 알람시계의 건전지를 모조리 빼버렸다. 그러고 홀가분한 기분으로 젖은 머리를 수건으로 털며 창밖을 내다봤다. 그새 해가 져서 바깥은 어두웠다. 하지만 어둡기에 보이는 것들이 있다. 밤은 낮에 꾹 감고 있던 창문들이 눈을 뜨는 시간이었다. 노랗게 눈 뜬 창문이 하나둘 늘어가면 누군가 저기 있구나 싶어서 괜히 그 눈을 오래 쳐다보게 되었다. 쳐다만 봤을 뿐인데 종종 그 눈은 내게 질문을 던졌다. 질문에 대한 답을 찾다 보면 생각지도 못했던 문제가 쉽게 풀릴 때가 있었다. 언제부턴가 나는 빛과 창문의 시간인 밤에라도 삶의 무게를 덜어보려 노력하고 있었던 것이다. 근데 그 '언제부턴가'가 언제였을까. 그때 후덥지근한 바람이 훅 끼쳐 왜 얼굴을 쓸어내렸다. 목이 말라 시원한 음료라도 마셔야 할 것 같았다. 아, 맞다. 세주 냉장고가 있었지!

나는 안방으로 신나게 달려가 냉장고 손잡이를 잡아당겼다. 그런데 안을 들여다본 내 얼굴은 그대로 굳어버리고 말았다. 저건 뭔가. 냉장고 안에는 내가 기대한 술은 한 병도 없고 엉뚱하게 책이 잔뜩 들어 있었다. 나는 냉장고 문을 열어둔 채 침대에 털썩 주저앉았다. 안에서 묵은 책 냄새가 계속 흘러나왔다. 그것은 냉장고와 화분에 이어 또다시 나를 의아하게 만들었다. 나는 얼른 정신을 차리고 급하게 휴대폰을 집어 들었다. 그러나 세주의 휴대폰 번호를 삭제한 지는 오래였다. 삭제하지 않았다고 해도 내 전화를 받지 않을 것이고, 받을 거면 애초에 메모를 남기지도 않았을 것이다. 세주는 왜 내 집에 몰래 들어와 냉장고를 두고 갔을까. 물건을 훔쳐 가는 경우는 도둑이라고 하는데 두고 갈 때는 뭐라고 불러야 하나. 당혹스러워서 샤워를 다시 해야 할 정도로 온몸이 땀으로 젖어버렸다. 술이라면 이해하고 받아들였을 텐데 나에게 필요 없어 보이는 책이라서 당황한 건 아니었다. 책이나 좀 읽고 살라는, 세주가 과격하고 무거운 방식으로 전하는 메시지일지도 모른다는 생각이 들어서 불쾌할 뿐이었다. 내 생각대로 메시지가 맞다 해도 헤어진 지 일 년이나 지났는데 왜 인제 와서 그런 말을 남긴 걸까, 하는 의문이 들었다.

 냉장고 때문에 좁아진 방을 보자 더 덥고 슬슬 짜

증이 나기 시작했다. 나는 휴대폰을 다시 집어 들고 세주의 인스타그램 계정을 검색해 들어갔다. 헤어지고 습관적으로 몇 번 방문한 적은 있지만 이후 맞팔도 끊은 상태였다. 세주의 마지막 게시물은 일주일 전 스타벅스에서 찍은 커피잔 사진이었다. 사진을 스크롤하자 나와 사귈 때 올렸던 피드들도 삭제하지 않은 채 그대로 있었다. 나는 헤어지던 날 바로 다 없앴는데. 이미 헤어진 사이에 함께했던 시간의 흔적을 지우지 않았다는 건 무슨 의미일까. 나는 세주와 가장 가까웠던 친구의 계정으로 DM을 보냈다.

십 분 후 세주의 친구로부터 전화가 왔다. 세주가 내 집에 물건을 놓고 갔다고 하자, 그 친구는 맞장구 치듯 어제 자신의 아파트 현관문 앞에 옷이 잔뜩 든 캐리어와 화분 하나가 놓여 있었다고 말했다. 그뿐만 아니라 향수와 화분을 받았다는 친구도 있었고, 드럼세탁기와 화분, 엘피판과 화분을 택배로 받은 사람도 있다고 알려주었다. 화분은 누구나 공통인 듯했다.
"혹시 안 좋은 일이 생긴 건 아니겠죠?"

나는 아까의 당혹감을 잊고 조금 걱정스러운 목소리로 물었다.

"걔가 원래 어디 가면 간다고 말 안 하는 애잖아요."

세주 친구는 대수롭지 않게 생각하는 것 같았다. 아무 말 없이 훌쩍 사라지는 게 어디 한두 번이냐는 뉘앙스였다. 하긴 나 또한 세주의 예측 불가한 행동들 때문에 애를 많이 먹었다. 오해도 했고 싸우기도 많이 싸웠다. 결국 그것은 우리가 헤어진 이유가 되었다. 나는 연인 사이가 되면 서로를 구속할 수밖에 없는 부분들이 존재한다고 생각했다. 하지만 세주는 연애를 하더라도 '자유'가 보장되어야 한다고 주장하는 쪽이었다. 나는 그때, 자유도 물론 중요하지만 그렇다고 애인이 없는 듯 제멋대로 행동하는 것은 옳지 않다고 날 선 목소리로 비판했다. 툭하면 전화 한 통 없이 약속 장소에 나타나지 않는 건 자유가 아니라 못된 버르장머리이자 인간에 대한 예의도 아니라고. 그럴 바엔 속 편하게 혼자서 지내지 왜 피곤하고 복잡한 연애 따위를 하는 거냐고 따졌다. 그 말끝에 세주는 피곤하고 복잡한 연애 이쯤에서 끝내자고 소리쳤고, 우리는 바로 그날 그렇게 하기로 했다. 세주는 어땠는지 모르지만 나는 헤어지고 났더니 속도 편하고 홀가분해졌다.

"세주가 일 년 전에 식물 상점 낸 건 아시죠?"

세주 친구가 물었다.

"아니요."

세주가 식물을 좋아하는 건 알고 있었지만 상점까지 낸 줄은 몰랐다. 일 년 전이면 나와 헤어지고 바로 상점을 차린 모양이었다.

"가게를 내놓은 걸 보면 재정적인 문제가 생긴 게 아닌가도 싶고."

식물 상점을 정리하게 되자 재고 화분을 말라 죽게 할 수 없고, 그렇다고 둘 데도 돌봐줄 사람도 마땅치 않아서 지인들한테 나눠서 맡긴 것일까. 화분 하나 정도는 맡겨도 부담이 안 될 테니까. 화분이 주체고 그것에 딸려 온 세주의 살림은 식물을 키워주는 수고와 시간에 대한 대가 같은 것일까. 세주가 지불할 수 있는 건 그것뿐이라 자기 물건 중에서 쓸 만한 걸 골라 새 화분 주인에게 주었을까. 그것을 '처분'이라고 표현해도 될지 잠시 고민했지만, 고민이 무색하게도 나는 세주 친구한테 곧바로 그 말을 써버렸다. 그러자 친구는 내 말에 동의하며 식물을 처분해준 대가로 세주가 내 집에 두고 간 물건이 무엇인지 염탐하듯 물었다.

"······냉장고요."

나는 조금 망설이다 대답했다.

"냉장고요?"

"아니, 책이요. 아니 냉장고인가······."

"무슨 말이에요?"

살짝 짜증이 묻어 있었다.

"그러니까 냉장고 안에 책이 들어 있었어요."

나는 메모를 다시 떠올렸다. 세주는 '냉장고를 부탁해'라고 했고, 그 뒤에 '화분도'라고 했다. 그러니까 메모에 따르면, 내 경우는 냉장고가 주체고 화분이 덤으로 딸려 온 것이다. 그때 세주 친구가 말했다.

"얘 봐라."

조금 언짢아하는 목소리에 나는 왜요? 하고 넌지시 물었다.

"세주가 가장 아끼는 게 책이잖아요. 얼마 전에 책 정리한다고 난리법석이더니, 엑기스가 결국 그쪽으로 다 갔네요."

　친구는 나한테 순위가 밀린 걸 믿을 수 없어 하며 세주에게 섭섭한 감정을 노골적으로 드러냈다. 나는 다시 생각했다. 그렇다면 주체는 냉장고가 아니고 책인가. 책을 담기 위한 책꽂이 용도로 냉장고가 필요했고, 그 큰 걸 맡기자니 미안해서 아직은 새순에 불과한 화분을 서비스로 끼워 넣은 것인가.

　나는 친구와 전화를 끊고 세주의 인스타그램에 다시 들어갔다. 친구 말대로 책 정리하는 사진이 보름 전 업로드되어 있었다. 필요한 책과 그렇지 않은 책을 분류하고, 그렇지 않은 책을 헌책방이나 폐지상에 내다 팔 거라는 내용이 적혀 있었다. 나는 휴대폰을 떨구고 냉장고 속을 가만히 들여다봤다. 세주에게 필요한 책들이 양식처럼 차곡차곡 쌓여 있었고, 야채 칸과 도어 수납 칸에도 가지런히 꽂혀 있었다. 작은 도서관이나 독립서점 같은 인상을 주었지만 그 의미는 알 길이 없었다. 아니 의도가 무엇인지 알 수 없었다. 내 생각대로 단순한 처분이라 해도 그 대상이 왜 헤어진 나인가.

이번 여름휴가 계획은 딱 하나였다. 바다가 아름다운 휴양지로 친구들과 여행을 떠나는 게 아니라 징글징글했던 사람들과 더위를 피해 에어컨을 빵빵하게 틀어놓고 방구석에 드러누워 IPTV로 놓친 영화와 드라마를 몰아서 보는 것. 물론 휴대폰은 꺼놓고, 배고프면 배달 어플로 음식을 시켜 먹고, 졸리면 실컷 자서 살을 피둥피둥 찌우는 것. 이렇게 찌운 살은 어차피 회사 업무에 며칠 시달리다 보면 금세 빠질 거라 걱정할 필요도 없었다.

그런데 계획이 조금 바뀌고 말았다. 휴대폰을 끈 나는 화분에 물을 흠뻑 준 다음 볕이 하루 종일 드는 베란다에 내다 놓았다. 에어컨을 켜고, 티브이 리모컨 대신 냉장고 크롬 손잡이를 잡아당겨 책 한 권을 꺼냈다. 세주에게 필요한 책이 무엇인지 궁금해졌기 때문이다. 그러나 읽고 나에게 필요한 책이 아니라고 판단되면 도로 넣어둘 것이다.

책이란 걸 읽을 시간도 없이 바쁘게 살아왔고, 독서가 취미도 아니라서 과연 읽어낼 수 있을지 처음에는 걱정했다. 하지만 세주가 애정하는 책이란 얘기를 들어서인지 그런대로 집중이 잘됐다. 한번 꺼낸 책은 중간에 덮거나 도로 집어넣는 일은 생기지 않았다. 세주가 정성 들여 연필로 그어놓은 밑줄을 따라가고, 다음에는 어떤 문장에 밑줄이 그어져 있을까 기대하며 읽다 보니 페이지가 생각보다 술술 넘어갔다. 읽다가 배가 고프면 음식을 배달시켜 먹었고, 졸음이 오면 잠깐 잤다가 살이 뒤룩뒤룩 쪘다는 기분으로 일어나 책을 마저 읽었다. 세주한테 필요한 문장은 나한테도 필요한 문장이었다. 어떤 문장 앞에서는 나도 모르게 오래 멈춰 서서 곱씹어보기도 했다. 밤에 노랗게 눈 뜬 창문을 바라볼 때와 느낌이 비슷해서 좀 놀랐다.

어느 순간 생각은 세주의 냉장고로 향했다. 세주는 단순히 책을 맡기기 위해 냉장고를 두고 간 것일까. 맡기면서 읽어보길 바라는 마음도 한편에 있었을까. 혹시 맡긴 게 아니라 나한데 아예 처분한 걸로 봐도 될까. '부탁해'라고 했지만 준다고 하면 내가 거부할까 봐 잠시 맡아달라는 뉘앙스의 표현을 썼던 것뿐일까. 자기가 가장 아끼는 물건을 줬다는 건 나랑 다시 잘해보고 싶다는 뭐 그런 뜻일 수도 있을까. 진짜 순수한 의도로 맡긴 거라면 헤어지고 났더니 나만큼 믿음 가는 남자도 없다는 걸 뒤늦게 깨달아서 그 많은 사람을 제치고 내가 선택된 것일까. 그에 대한 답을 혹시 이 책에서 찾을 수 있을까. 아니 그보다 세주가 읽었던 책을 읽으면 세주에 대해 몰랐던 걸 알게 되거나 이해하게 될까.

세주는 열심히 살려고 노력했지만 되는 일이 없는 애였다. 취중에 왜 나만 사는 게 이렇게 힘드냐고 하소연도 했다. 맨정신에는 절대로 하지 않는 말이었다. 그래서 술을 좋아하고 자주 마시는 건가 싶었다. 가족에 대해 들은 바는 없었다. 물어도 회피하기 바빴고, 가족으로부터 도움을 받으며 사는 처지는 아니었다. 그렇다고 도움을 주어야 하는 입장도 아닌 것 같았다. 독립해서 산 지 꽤 오래됐다는 것만 알았다. 대학을 졸업하자마자 학습지 교사 생활을 했고, 나와 만났을 때는 교사를 관두고 카페에서 알바를 하며 다른 일을 구상하고 있었다. 그 일이란 자기가 진짜 좋아하고 간절하게 하고 싶은 일이었을 것이다. 세주는 술과 책과 식물을 좋아했다. 그래서 낮에는 식물과 책을 팔고, 어두워지면 간단한 차나 술을 파는 가게를 차리고 싶다고 말한 적이 있다. 식물 상점을 냈다고 하니 꿈을 삼분의 일 정도 이룬 셈이지만 안타깝게 이번에도 되는 일이 없어서 오래 못하고 접은 모양이었다.

  비교적 얇은 소설책 세 권을 내리 읽고, 밑줄 그어진 문장들 앞에서 세주 생각을 하는 사이 벌써 밤이 되어 있었다. 나는 세 번째 책의 마지막 페이지를 읽고 소리가 나게 탁 덮으며 창밖을 내다봤다. 노란 눈빛들이 어둠 속에서 반짝거리고 있었다. 내가 지금 보고 있는 밤 풍경이 방금 덮은 소설책의 표지 그림과 비슷해서 기분이 묘했다. 세주가 골라준 책이라 그런지, 독서 취향이 세주와 맞아서인지 모르겠으나 오늘 읽은 책 모두 마음에 스며들었다. 책마다 남달랐던 상상력과 감성적인 문장이 독서에 관심 없던 나를 하루 동안 옭아매는 데 성공한 것이다. 그게 세주가 의도한 바라면 보기 좋게 걸러든 셈이었고, 기분 나쁘지 않은 덫이라는 생각도 들었다. 남은 밤에는 '치맥'으로 나른한 독서의 피로를 풀었다. 자기 전에는 종일 베란다에 둔 화분을 안으로 들여놓았다. 그러고 턱을 괴고 앉아 그것을 조금 오래 쳐다봤다. 어제보다 얼마나 자랐는지 알 수 없었다. 내 집에 와서 행복한지도 알 길은 없었다.

　행복하지 않다는 걸 휴가 이틀째 되는 날 알았다. 물을 주려고 아침에 화분을 들여다봤더니 새순이 싱싱하지 않고 노란빛을 띠고 있었다. 물도 많이 주고 햇볕도 잘 쫴주었는데 왜 시들한지 알 수 없어서 집 근처 꽃가게로 데려갔다.
　주인 여자는 새순을 꼼꼼하게 살핀 후 식물의 이름이 문샤인 산세베리아라고 알려주었다. 건조에 강한 반그늘 식물이라 실내에서도 잘 자라고 물을 자주 주지 않아도 된다고 했다. 강한 햇살은 오히려 잎에 상처를 입힐 수 있으니 한여름의 직사광선은 피하는 게 좋다는 것이다. 뿌리 부근의 잎이 노랗게 변하는 건 과습 증상이므로 흙에 남은 물기 정도를 확인해가며 물을 주어야 한다고 했다. 그러니까 내가 기른 방식은 다 잘못됐던 것이다.
　주인 여자는 문샤인이 어떤 모양과 빛깔로 자라는지 보여주려고 가게 안쪽으로 나를 안내했다. 그것은 단아한 모양의 큰 잎사귀가 작은 잎사귀를 둥그렇게 감싸안은 형태로 자라는 식물이었다. 잎사귀는 달빛처럼 은은한 초록빛을 띠고 있었는데 테두리가 진한 녹색으로 둘러져 있어서 더욱 고급스럽게 빛났다.

"일반 식물과 달리 밤에 이산화탄소를 흡수하고 산소를 배출해서 침실에 놓고 기르기 좋은 식물이에요."

그래서 세주가 화분을 침대 옆에 두고 간 모양이었다.

"드물게 아이보리빛 꽃이 피는 경우가 있는데, 그 꽃을 보면 행운이 찾아온다고 해요. 꽃말은 관용이에요."

주인 여자는 그러면서 식물에게 필요한 건 흙과 물, 햇볕이 전부가 아니라고 말했다. 식물에는 기공이라는 입술 모양의 작은 구멍이 있어서 공기 중의 모든 것을 흡수한다고. 사람의 말이나 음악 소리, 냄새도 영양분이 된다고. 나는 동그란 화분 받침대를 하나 사서 꽃가게를 나왔다.

화분을 받침대로 받치고 좀 걸었더니 손가락이 아팠다. 받침대를 담아줬던 하얀 비닐봉지에 화분을 집어넣고 걷자 걸음이 빠른데도 화분은 안정된 자세로 흔들렸다. 손도 아프지 않았고, 화분이 무겁게 느

꺼지지도 않았다. 나는 걸음을 멈추고 비닐봉지 손잡이를 벌려서 화분을 들여다봤다. 여름휴가 동안 집 밖으로 한 발짝도 나가지 않겠다는 계획은 이미 무산되고 말았다. 이 작고 여린 새순 때문에. 그 전에 세주의 냉장고 때문에. 볕이 뜨거워서 온몸은 이미 땀에 젖은 상태였다. 그래도 선글라스를 쓰고 있어서 눈이 따갑지는 않았다. 이미 망친 휴가에, 밖에까지 나왔으니 좀 멀리 가보기로 하고 새순에게 말했다.

"네 고향에 가보자."

자동차 열쇠를 가지고 나오지 않아서 화분을 들고 전철역으로 향했다.

출퇴근 시간대가 아니라서 역은 한산했다. 문자를 보낸 세주 친구한테서 답장이 올 즈음 전철이 도착했다. 문이 열리자 시원한 에어컨 바람에 땀이 금방 식었다. 나는 출입문과 가까운 자리에 앉고 화분을 옆자리에 놓았다. 빈자리가 많아서 화분이 자리 하나쯤 차지해도 될 것 같았다. 그러나 다음 정거장부터 사람들이 우르르 타서 화분을 무릎으로 옮겨놓아야 했다. 유튜브에 올라온 삼십 분짜리 제임스 웹 우주망원경 동영상을 보고 나자 졸음이 몰려와서 고개를 푹 숙이고 눈을 감았다. 어릴 적 시골에서 맡았던 비에 젖은 흙냄새가 화분에서 한번씩 올라왔는데 싫지 않았다. 흙냄새와 전철의 흐름을 따라 몸이 철컥철컥 좌우로 흔들렸다. 그러다 잠이 깊게 들었는지 한순간 균형을 잃고 왼쪽으로 몸이 기울어지고 말았다. 쿵, 소리에 놀라 눈을 떴을 때는 화분도 이미 옆으로 쓰러진 상태였다. 옆자리에 승객이 없어서 다행이었지만 새순이 뿌리째 빠져나와 있었다. 나는 얼른 새순과 흙을 그러모아 화분에 담았다. 마침 다음 역이 환승역이라 봉지를 들고 전철에서 내렸다. 뿌리째 뽑힌 기억이 문샤인의 성장에 안 좋은 영향을 끼칠까 봐 손으로 흙을 꾹꾹 누르며 환승 전철을 기다렸다. 곧바로 갈아탄 전철은 승객들로 만원이었다. 사람들한테 치이지 않도록 화분을 가슴에 끌어안자 흙냄새가 더욱 짙게 올라왔다.

 문샤인과 나는 전철역을 나와 세주 친구가 문자로 알려준 주소를 찾아갔다. 작은 규모의 카페와 퓨전 음식점 들이 주로 모여 있어서 젊은 사람들이 데이트하기 좋은 장소였다. 세주가 얼마 전까지 운영했다는 식물 상점은 오래된 책방과 구수한 빵집 사이에 자리하고 있었다. 간판이 철거되지 않은 상태라 상점은 쉽게 찾을 수 있었다. 나는 '임대'라고 써 붙인 유리문으로 얼굴을 갖다 대고 안을 들여다봤다. 식물 상점을 했다는 흔적은 어디에도 없었다. 화분들이 놓여 있던 자국은커녕 말라비틀어진 이파리 한 장 떨어져 있지 않았다. 시멘트 바닥에는 신문지 두 장만 달랑 펼쳐져 있었다. 고향에 가보자며 데려왔는데 문샤인 입장에서는 고향이 없어진 것이었다. 근데 임대라고 적힌 가게를 보면 왜 다 망해서 떠난 곳 같을까. 비록 가게를 정리하긴 했지만 일 년 동안 식물 상점을 운영했으면 세주는 꿈을 이뤘다고 할 수 있을까, 실패했다고 봐야 할까. 실패했다면, 실패한 꿈이란 결국 저 텅 빈 가게처럼 아무것도 남은 게 없는 것인가. 남은 게 신문 조각 같은 쓰레기뿐이라도 남았다고 할 수 있나.

   문샤인과 나는 한때 식물 상점이었던 곳에서 허무하게 돌아섰다. 꽃가게와 식물 상점이 어떻게 다른지 궁금했지만 물을 데가 없었다. 그래서 발길이 떨어지지 않는 건가 싶어서 내친김에 한 군데 더 들러 보기로 했다. 여기서 전철로 아홉 정거장만 가면 되는 곳이라 그리 멀지도 않았다.

이번에 탄 전철은 빈자리가 없어서 내내 서서 가야 했다. 전철이 멈추고 출발할 때마다 들고 있는 봉지가 앞뒤로 흔들렸다. 내 앞에 앉아 있는 아주머니가 화분을 빼꼼히 들여다보더니 무슨 식물이냐고 물어서 문샤인 산세베리아라고 알려주었다. 처음 들어보는 이름이라고 해서 휴대폰으로 검색해 어떤 모습으로 자라는지 보여주었다. 사진을 본 아주머니가 어머나, 우아한 녀석이네, 하며 나한테 잘 키워보라고 했다. 그 말에 싱싱해 보이지 않는 노란 새순과 그것이 뿌리째 뽑혔던 사고가 괜히 신경 쓰였다.

지상으로 올라오자 폭염에 숨이 턱 막혀서 정신이 몽롱할 정도였다. 그러나 딱 한 번 와본 곳인데도 저 언덕에 대한 기억은 생생했다. 세주가 끓여준 콩나물 해장국을 먹고 뭔가기 풀린 듯 기분이 개운해져서 가파른 길을 종종걸음으로 내려왔던 기억, 나중에는 종종걸음에 가속도가 붙어서 내 의지와 무관하게 신나게 달려야 했던 길, 숨 가쁘게 달리고 났더니 불안한 마음에도 단단한 근육이 생겨서 징계 위기에 의연해졌던 느낌까지.

나는 가파른 그 언덕길을 땀을 뻘뻘 흘리며 올라갔다. 언덕이 끝나는 곳에서 오른쪽으로 꺾어 들어가면 세주의 반지하 집이 나온다. 숨을 헐떡헐떡 토해내며 언덕 끝에 다다른 나는 걸음을 멈추고 턱밑의 땀을 닦아냈다. 그러고는 오른쪽으로 돌아 지상에 절반 걸린 창문 앞에 화분을 놓고 쭈그리고 앉았다. 콧잔등으로 선글라스를 내리며 유리창 가까이 상체를 수그렸다. 커튼이 없어서 안이 훤히 들여다보였다. 식물 상점처럼 세주 집도 텅 비어 있었다. 집에 있던 물건은 폐기처분했거나 처분하기 아까운 것들은 화분을 맡아준 사람들한테 나눠줬을 것이다. 식물 상점과 달리 나는 세주가 저 집에 어떤 살림을 어디에 놓고 살았는지 알고 있다. 세주가 어떻게 살았는지도. 빨간 냉장고는 부엌방 싱크대 앞에 놓여 있었고, 세주는 이 집에서 되는 일이 없었다.

내가 여기까지 온 건 세주가 진짜 떠났는지 확인하기 위해서가 아니라 혹시라도 세주를 만날 수 있을까 싶어서였다. 만나면 왜 나한테 냉장고를 준 건지도 묻고 싶었다. 그러나 아무것도 없는 집을 누가 다시 찾아오겠는가. 나는 세주의 물건이 반지하 방에 하나라도 남아 있기를 바랐던 것 같다. 남겼다는 건 언젠가 돌아오겠다는 뜻이 아닐까 싶어서. 세주의 침대가 놓여 있던 자리로 늦은 오후의 햇살이 고요하게 뻗어 들어갔다. 세주는 저 자리에 누워 하늘을 가로지르는 전깃줄을 바라보는 걸 좋아했다. 정확하게는 전깃줄에 새가 내려앉는 순간을 좋아했다. 세주는 그 순간 자신에게 기적이 찾아올 거라고 믿었다.

나는 화분을 들고 창문 앞에서 일어나 언덕길을 내려갔다. 그때처럼 걸음에 가속도가 붙으려고 하자 문샤인이 다시 뽑히지 않도록 무릎에 힘을 주고 천천히 걸었다. 문샤인을 위해 돌아갈 때는 전철 대신 택시를 잡아탔다.

하루 종일 같이 돌아다니다 집으로 돌아오자 꽤히 문샤인을 잘 기르고 싶은 욕심이 생겼다. 우선은 잘 살려낸 뒤, 함께 시간을 보내면서 내가 자라는 만큼 얘도 자라게 하고 싶었다. 애가 자라는 모습으로 내가 보낸 시간의 길이와 넓이를 확인받고 싶었다. 나는 볕과 물을 조절해서 주었고, 밤에는 창가에 나란히 서서 노랗게 눈 뜬 창문이 하나둘 늘어가는 걸 같이 지켜봤다.

"넌 좋겠다. 흙에 뿌리를 잘 내리면 물과 햇볕만 있어도 살아지니까. 물은 내 돈이 들지만 햇볕은 무한 리필에 무한 공짜잖아. 물론 비가 오면 물도 공짜가 되지만. 아, 비나 오면 좋겠네."

막상 뱉고 났더니, 첫 대화로 적절치 않다는 생각이 들었다. 게다가 오늘은 뿌리가 뽑히지 않았나.

"미안, 돈 돈 거려서. 나 때문에 머리카락이 뽑힌 것도."

나는 머쓱해서 맥주를 한 모금 들이켰다. 오늘은 다른 밤과 달리 에어컨을 틀지 않았는데도 참을 만한 더위였다. 창문으로 바람이 간간이 들어오고, 차가운 맥주도 마시고 있어서였다.

"사람은 살아가려면 필요한 게 너무 많단다. 직업도 있어야 하고, 고기도 먹어야 하고, 가끔은 외식도 해야 돼. 그리고 여자 친구도 필요…… 아니, 요즘은 꼭 그런 것도 아니야. 애인 없이 혼자 사는 사람이 많은 시대가 돼버렸거든. 근데 혼자 살아도 필요한 것들은 많아. 혼자라 더 많은 것도 같아. 너처럼 단순하지 않지. 그 많은 걸 혼자서 쓴다는 건, 솔직히 낭비야."

나는 창틀에 놓인 문샤인을 들여다봤다. 좀 자랐을까. 싱싱해졌을까. 뿌리가 단단해졌을까. 꽃가게 주인 말대로 사람의 말을 주었으니. 사람의 말도 영양분이 된다고 하니. 그러나 말도 적당해야겠지. 너무 수다를 떨거나 부정적인 말을 들으면 피곤해하겠지, 라는 생각이 들어서 입을 다물고 남은 맥주를 홀짝였다. 다 마시고 나서는 문샤인을 침대 사이드 테이블로 옮겨놓았다. 오늘은 무더운 날씨에 여기저기 돌아다니기까지 했으니 더 피곤할 것이다. 나도 피곤했다.

불을 끄고 침대에 누웠다. 달라진 거라고는 화분 하나가 놓인 것뿐인데 숨 쉬는 누군가 옆에 있다는 생각이 들었다. 내가 내뱉은 숨을 마시고, 내가 들이마실 숨을 뱉어주는 존재. 문득 세주가 생각났다. 관용이란 꽃말도. 그것은 어느 날 갑자기 냉장고와 화분을 맡기고 떠난 자신한테 관용을 베풀어달라는 뜻일까, 맡긴 물건을 관용으로 돌봐달라는 의미일까. 아니면 연애할 때 나한테 가장 부족한 마음이 관용이었다는 말을 전하고 싶었을까. 자기 걸 다 맡기고 떠난 세주는 지금 어디를 걷고 있을까. 나는 화분 쪽으로 돌아누워 숨을 깊게 들이마셨다.

　세주와 사귈 때 내가 가장 관용을 보일 수 없었던 세주의 행동은 약속 장소에 연락도 없이 안 나타난다거나 갑자기 잠수를 타는 게 아니었다. 세주와는 밥 한번 먹기가 굉장히 힘들었다. 세주는 줄 서서 기다려야 하는 식당만 찾아다녔는데, 점심을 먹으러 갔다가 저녁을 먹으러 간 꼴이 된 적도 여러 번 있었다. 그렇다고 두세 시간씩 기다렸다 먹은 음식치고 썩 맛있지도 않았다. 맛있었다면 그건 오래 굶어서 맛있게 느껴졌을 뿐이었다. 한번은 기다리다 지쳐서 세주와 따로 식사를 한 적도 있었고, 일부러 식사 시간을 피해 약속을 잡은 경우도 있었다. 세주는 맛있는 음식을 먹는 게 목적이 아니라 기다리는 게 목적인 사람 같았다. 아니면 남자 친구가 인내심이 있는지 테스트해 보는 게 목적이었거나. 배고픔을 테스트에 이용하는 건 나로서는 용납할 수 없었다. 가장 오래 기다렸던 시간은 장장 네 시간이었다. 참다못해 고깃집 앞에서 소리를 꽥 지르고 웨이팅 의자가 넘어질 정도로 벌떡 일어났던 기억이 난다. 세주가 그때 하늘을 올려다보며 달관한 목소리로 했던 말도. 인생은 기다리는 거야, 결국. 나는 안 기다려도 되는 것까지 자처해서 기다리는 건 제일 한심한 짓이라고 퍼붓고, 집으로 돌아가는 길에 편의점에 들러 컵라면을 세 개나 사 먹었다.

나는 숨을 내쉬며 천장을 보고 누워 세주의 말에 대해 생각했다. 인생은 기다림의 연속으로 짜여지는가. 그렇게 짜여 한 벌의 스웨터가 완성되면 따뜻한 시간을 만날 수 있나. 지금 나는 무엇을 기다리고 있나. 잠이 오길 기다리나. 나는 지그시 눈을 감았다. 세주가 그때 기다린 건 무엇이었을까. 기다림으로 짜낸 스웨터에서 세주는 결국 원하는 걸 만났을까.

다음 날 아침, 잠에서 깼을 때 신기하게도 내 말을 먹고 마신 문샤인이 눈에 띄게 키가 자라 있었다. 그리고 초록빛으로 행복해 보였다. 숨을 쉬고 먹고 자라는 것들은 모두 말이 필요한 것이다.

냉장고 속에는 다양한 분야의 책이 보관되어 있었

다. 시집, 소설, 에세이, 미술, 철학, 과학 등등. 골라 읽는 재미가 있었고, 실용적이기도 했다. 먹을 게 잔뜩 든 냉장고처럼 어떤 책은 생크림 케이크처럼 달콤했고, 어떤 책은 청양고추처럼 날카롭게 매웠다. 보약처럼 쓰디쓴 책도 있었고, 갓 수확한 야채와 과일처럼 싱싱한 책도 있었으며, 느끼할 정도로 기름진 책도 있었다. 눈물을 쏙 빼놓을 만큼 슬픈 맛이 나는 책이 있는가 하면 얼음처럼 차가운 책도 첫사랑처럼 두근대는 책도 있었다.

가만 생각해보면 책이란 것도 음식일 수 있겠구나 싶었다. 눈으로 먹어서 머리와 가슴을 살찌우는 음식. 나는 두세 권의 책을 번갈아 읽기도 했다. 어떤 책은 너무 좋아서 사고 싶은 욕구가 생겼다. 급기야 모든 책이 욕심나서 세주가 잠시 맡긴 게 아니라 나한테 아예 준 거라면 좋겠다고 생각했다. 세주가 나중에 돌려달라고 하면 모른 척해야지, 하고 마음먹기도 했다. 솔직히 허락도 없이 맡긴 물건이니 내 마음대로 해도 되는 거 아닐까. 찾을 수 없게 이사를 가버려도 상관없는 일 아닌가.

근데 세주는 책을 왜 굳이 냉장고에 담아서 맡겼

을까. 일반 책꽂이에 꽂아서 줘도 되지 않나. 냉장고에 오래 보관해두듯 지식이든 감성이든 지혜든 오랫동안 싱싱하게 가지고 있으라는 의미인가. 아무리 좋은 책을 읽어도 얻은 것들을 제때 사용하지 않거나 새겨놓지 않으면 소용없다는 뜻일까. 너무 오래 방치하면 썩어 없어지니 잘 보관해뒀다 필요할 때 꺼내 쓰라는 메시지인가. 나는 책을 읽다 말고 냉장고를 열어 안을 들여다봤다. 플러그를 꽂지 않아서 불이 들어오지 않는 냉장고는 냉기 없이 적막했다. 그래서 냉장고 문을 계속 열어두게 되었다. 열어두니 냉장고 같지 않고 그냥 평범한 책꽂이처럼 보였다.

나는 휴대폰을 켜서 세주 친구한테 문자를 보냈다. 세주에게 연락이 온 게 있는지, 떠난 내막에 대해 알게 된 거라도 있는지, 그리고 세주가 물건을 맡기면서 따로 남긴 메모가 있었는지. 친구는 세주로부터 문자를 받았는데 내용은 '캐리어를 부탁해. 화분도'였다고 했다. 메시지 또한 거의 비슷한 것 같았다. 각자 다르면 그 틈으로 세주에게 무슨 일이 생긴 건지 추측해볼 수 있을 텐데. 친구는 세주가 물건을 잠깐 맡겨둔 게 아니라 아예 준 거라고 믿고 있었다. 왜 그렇게 생각하느냐고 묻자 자신이 평소 예쁘다고 욕심냈던 옷들이 캐리어 안에 전부 들어 있었다고 했다. 요즘 한 벌씩 꺼내 입고 출근한다면서 볼 빨간 해님 이모티콘을 보내왔다. 세주는 그 사람에게 가장 필요해 보이는 물건을 준 것일까. 그렇다면 나한테는 책이 필요하다고 생각했다는 건데, 내가 책과 담쌓고 살기는 했지. 친구는 화분을 잘 기르고 있다고도 했다. 친구가 받은 화분은 역시나 반그늘 식물로 마란타라는 이름의 식물이었다. 찾아보니 꽃말은 우정이었다.

세주에게는 꿈이 하나 더 있었는데, 세계 일주였다. 마흔이 되기 전에 돈을 많이 벌어서 세계 여행을 떠나는 것이었다. 세주에게 세계 일주의 꿈을 심어준 사람은 할아버지였다. 가족 얘기를 일절 하지 않던 세주가 할아버지를 언급한 적이 한 번 있었다. 이름 때문이었다. 할아버지가 손녀딸한테 세계 일주를 하는 용감한 사람이 되라며 '세주'라는 이름을 지어주었다고 했다. 세주는 많은 사람들이 세계의 끝이라고 말하는 곳이든, 가고 가고 가봤더니 여기가 끝인 것 같다는 생각이 든 곳이든 그 끝에 닿아보고 싶다고 말했다. 그때 나는 세계의 끝을 보고 온 사람의 눈빛은 어떤 빛깔일까, 말을 할 때는 어떤 음색으로 떨릴까 상상했다. 그런 사람이 옆에 있으면 그 끝에 조금이라도 물들 수 있을 거라 생각해서 세주의 이름을 여러 번 불러봤다. 세주, 세주, 세주. 그러자 세계 일주를 하고 돌아온 듯 숨이 가빠왔다.

세주는 세계 여행을 떠나도 될 만큼 돈을 많이 모았을까. 이곳에 없는 동안 집세를 내지 않으려고 물건들을 지인한테 골고루 나누고 맡긴 건지도 모르겠다. 차라리 그런 거면 좋겠다. 진짜 먼 곳으로 떠난 게 아니었으면. 그동안 신세 지거나 고마웠던 사람들에게 유품의 의미로 남긴 게 아니었으면.

살면서 책을 정리한다는 건 무슨 의미일까에 대해 생각했다. 인생의 일부를 정리한다는 의미일까. 필요 없는 것들을 버리고 잊어서 새출발을 하겠다는 뜻일까. 무슨 일이 있으면, 어떤 마음이 생기면 필요한 게 아무것도 없는 인생이 될까. 그걸 알고 싶어서 세주가 읽었던 책을 세심한 마음으로 읽어나갔다. 읽으면서 막연하게 든 생각은 세주가 삶을 좀 더 단순하게 보려고 애썼다는 것과 나아가 삶에 더 이상 끌려다니지 않으려고 노력했다는 것이었다. 책들이, 페이지 속 밑줄 그어진 문장들이 가리키는 방향이 그러했다. 크게 뭉뚱그려 말하면 인생무상 같은 개념인데, 그것을 통해 깨달은 바가 비극적인 단념인지 부드러운 포용인지는 알기 어려웠다.

  여름휴가는 느린 듯하면서도 부지런하게 흘러갔다. 나 또한 느린 듯 부지런하게 세주의 책을 읽었다. 술을 보관했던 곳이라 그런지 어떤 책은 읽으면 술맛이 났고, 다 읽고 났을 때는 취한 것처럼 얼굴이 냉장고 색으로 달아오르기도 했다. 냉장고는 닫아두면 꼭 단발머리 세주가 빨간 원피스를 입고 내 방에 서 있는 것처럼 보였다. 책이란 게 그 사람의 영혼을 이루는 한 성분이라고 한다면 냉장고를 세주라고 할 수 있을까. 세주 영혼의 엑기스가 저 안에 모두 담겨 있다는 거니까.

  와인 맛이 나는 에세이집을 읽다가 페이지를 넘겼는데 갈피에서 사진 한 장이 툭 떨어졌다. 오래되어 여기저기 주름져 있는 필름 사진이었다. 찢었다가 투명 테이프로 다시 붙인 흔적이 두 군데 나 있었다. 세주가 초등학교 때 찍은 가족사진으로 보였다. 고깔모자를 쓴 긴 생머리의 세주가 열 개의 촛불이 켜진 생일 케이크 앞에서 카메라를 쳐다보며 활짝 웃고 있었다. 엄마와 아빠, 언니와 오빠는 양쪽에서 박수를 치며 생일을 축하해주고 있었다. 부유하고 행복해 보였다. 세주로부터 듣지 못한 가족 이야기를 책장 사이에서 빠져나온 사진이 조용히 들려주는 것 같았다. 어떤 추억은 도저히 버릴 수 없는 게 있다. 버렸어도 다시 되찾고 싶은 기억이 있다. 사진 뒤에는 '내가 가장 예뻤을 때'라는 문장이 적혀 있었다. 나는 그 문장을 '내가 가장 행복했을 때'로 이해했다. 세주는 기억하고 싶거나 돌아가고 싶었던 것이다. 자신이 가장 예뻤던 때로. 어떤 마음이 사진을 찢게 하고, 어떤 생각이 사진을 다시 붙이게 하는지 궁금했지만 왠지 알 것도 같았다.

나는 책을 내려놓고 세주의 인스타그램에 들어갔다. 새로 올라온 게시물은 없었다. 나는 사진을 한 장 한 장 유심히 살폈다. 그때는 몰랐는데 세주의 얼굴이 나온 사진은 한 장도 없었다. 신체 일부라고 한다면 어쩌다 손이 찍힌 사진이 전부였다. 세주는 자신이 가장 예뻤던 때 이후 더는 예쁘지 않다고 생각해서 얼굴이 나온 사진을 찍지 않은 건지도 모르겠다. 돌이켜보면 나와 만날 때도 얼굴은 찍지 않고 소매나 옷에 달린 단추, 신발, 그림자를 찍어서 SNS에 올렸었다. 얼굴이 없으니 헤어진 후에도 나와 같이 찍은 사진을 굳이 지울 필요가 없었던 것이다. 세주는 추억이나 기억을 찢어서 없애는 일을 다시는 반복하지 않으려고 얼굴을 찍지 않는 편을 택한 것이다. 그것이 세주가 사람과 추억을 버리지 않고 보관하는 하나의 방법이었을 거란 생각이 들었다. 세주가 세계의 끝을 마주 보러 가는 중이라면 그 끝에서 찾아오고 싶은 건 자기 얼굴이 아닐까. 예쁜 얼굴이 아니라 끝을 본 눈과 끝에 대해 말해줄 얼굴.

문득 그 얼굴이 보고 싶어졌다. 그런데 세주 얼굴이 어떻게 생겼었는지 갑자기 생각나지 않았다. 목소리도. 나는 대신 가족사진 속 어린 세주를 뚫어져라 쳐다봤다. 그런데도 잘 떠오르지 않았다. 그러자 사진 속에서 환하게 웃고 있는 아이가 세주가 맞는지 의심이 들었다. 어른이 된 세주의 얼굴이 기억나지 않으니 이 아이가 세주인지도 알 수 없었다.

나는 와인 맛 에세이집을 집어넣고 냉장고를 닫았다. 냉장고 오른쪽에 테이프로 붙여놓은 포스트잇이 보였다. 나는 그 옆에 세주의 가족사진을 붙여두었다. 창문으로 들어온 바람에 포스트잇 아래쪽이 들썩일 때마다 세주의 분홍빛 심장이 뛰는 것 같았다. 어딘가를 향해 열심히 걷고 있다면 세주의 심장도 이렇게 뛰고 있을 것이다. 그때 두근대는 심장 위에 흘려 쓴 '냉장고를 부탁해'가 '내 증거를 부탁해'로 읽혔다. 세주가 알아보지 못할 만큼 아주 엉뚱한 얼굴로 돌아오더라도 저 냉장고 속 책이 세주를 증명해줄 것이다.

문샤인이 곁에 있는 저녁이었다. 창밖의 달빛이 내 방으로 고요하게 비쳐들었다. 문샤인은 햇볕이 아니라 달빛을 먹고 은은한 깊이로 자라는 녀석 같았다. 어쩌면 달빛 아래서 내가 건네는 은은한 말이거나. 나는 맥주를 들이켜며 물었다.

"네 주인은 언제쯤 돌아올까?"

일주일 동안 문샤인은 씩씩하게 잘 자랐다. 노랗

게 시들어 있던 새순은 감쪽같이 초록빛을 되찾았고, 뿌리도 다시 흙과 일체가 되어 단단해졌다. 냉장고 때문에 좁아진 방에도 어느새 익숙해졌다. 오늘은 시집을 두 권이나 읽었다. 나 또한 일주일 동안 냉장고 속 책을 꺼내 읽으며 잘 자랐다는 느낌이 들었다. 그 일주일 동안 세주와 연애를 했다는 기분도 들었다. 세주에 대해 특별히 알게 된 것이 있는지, 남달리 이해하게 된 것이 있는지는 알 수 없었다. 있다고 그걸 세주라고 장담할 수도 없을 것이다. 다만 한 가지 분명한 건 세주가 지나갔던 시간의 일부를 나 또한 밟고 지나갔다는 것이었다. 냉장고가 내 방에 머무는 한 지나갈 수 있는 세주의 시간은 좀 더 남아 있었다. 그래서 냉장고를 열었다 닫을 때마다 세주가 그리워졌다.

"네가 꽃을 피울 즈음에 행운처럼 세주가 찾아올까?"

나는 어제보다 차오른 달을 보며 물었다.

"찾아와서 돌려달라고 하면, 줄 수 있을까?"

문샤인의 대답이 달빛을 타고 은은하게 들려오는 듯했다.

어느새 깊어진 저녁, 노랗게 눈 뜬 창문들이 사방으로 흩뿌려져 있었다. 그 눈을 오래 쳐다보자 어김없이 질문들이 쏟아졌다. 그 질문 하나하나에 답을 하다 보니 어떤 문제는 자연스레 정리가 되었다. 거듭되는 질문 끝에, 밤의 창문을 쳐다보는 습관이 언제부터 시작됐는지도 기억났다. 영롱하게 빛나는 저 밤의 큐빅을 누가 준 것인지를. 그러자 나도 모르게 웃음이 터져나왔다. 내 여자 친구, 아니 전 여자 친구의 냉장고와 화분이 함께했던 휴가의 마지막 밤이 그렇게 흘러가고 있었다.

2. 모든 세계의 끝에는

세주가 세계의 끝을 보고 돌아오기까지는 여섯 달이 걸렸다. 무더운 여름에 떠났다 한겨울에 돌아왔지만, 몸과 마음이 내내 추워서 지금의 겨울이 새삼스럽지 않았다. 다만 열흘 전부터 폭설이 계속 내리고 있어서 눈송이가 살에 스칠 때마다 겨울이 유난히 추웠다. 폭설만 아니었다면 떠나기 전 살림살이를 나눠주었던 친구들 집을 차례로 방문하는 일은 없었을 것이다. 세주는 열흘 동안 여덟 명의 친구를 찾아가 하루 정도 머물며 따뜻한 잠자리와 식사를 대접받았다. 지내면서 자신이 주고 떠났던 살림살이를 친구가 요긴하게 잘 사용하는지 살폈고, 그동안 어떻게 살았는지에 대해서도 밤새 도란도란 이야기를 나누었다.

여덟 번 집을 옮겨 다니다 보니 세주는 친구가 많다는 생각을 처음으로 했다. 하지만 개중에는 허물없이 지낸 친구가 있는가 하면 오랜만에 연락이 닿아 조금 서먹해진 친구도 있었다. 그럼에도 친구들 대부분은 세주를 잘 챙겨주었다. 날도 추운데 며칠 더 지내다 가라는 친구의 팔을 뿌리치고 하룻밤만 보내고 나온 건 화분 때문이었다. 세주가 살림살이를 주면서 함께 부탁했던 식물은 이미 죽어서 화분째 버려졌거나 병든 상태로 어두운 곳에 방치되어 있었다. 친구가 아무리 잘 대해줘도 식물이 건강하게 자라지 않거나 식물을 정성껏 돌보지 않은 집에는 오래 머물고 싶지 않았다. 그렇다고 친구를 원망하거나 탓하지는 않았다. 그저 죽어버린 식물의 꽃말에 대해 되뇌고 곱씹었다. 그러자 친구 이름은 희미하게 잊히고 대신 꽃말로 친구의 이미지가 새롭게 각인되었다.

어떤 날보다 많은 눈발이 쏟아진 오늘, 세주는 여덟 번 집을 옮긴 끝에 아홉 번째 집 앞에 서 있었다.

마지막 집이었고, 그것은 세주가 여기 말고는 더 이상 갈 데가 없다는 뜻이기도 했다. 오래전 헤어진 남자 친구의 집이라 동성처럼 스스럼없이 재워달라고 하기엔 주저되는 면이 있었다. 하지만 냉장고와 화분을 부탁하던 날과 같은 다급함을 폭설과 추위가 부추겨서 세주는 곧바로 현관문 비밀번호를 눌렀다. 여전히 번호를 바꾸지 않았는지 이번에도 현관문이 열렸다. 세주는 그날처럼 삐리릭, 하며 문이 열리는 소리를 허락으로 받아들였다.

세주는 동하의 집으로 첫발을 내디디며 다른 친구들의 화분처럼 상태가 좋지 않으면 그냥 나오기로 마음먹었다. 들어가자마자 세주는 화분을 금방 찾을 수 있었다. 집이 작아서가 아니라 문샤인 산세베리아가 침대 사이드 테이블 위에서 너무도 튼튼하고 아름답게 자라고 있어서였다. 문제없는 화분을 보자 모든 긴장이 한꺼번에 풀린 세주는 몸이 녹아내린 듯 툭, 하고 바닥에 주저앉아 버렸다. 그것은 마치 여기 조금 더 머물러도 된다는 두 번째 허락 같았다.

세주는 잠을 자고 일어난 것처럼 눈을 감았다가 뜨고 화분의 흙을 손으로 만져봤다. 퍼석한 게 물을 줄 때가 된 것 같아서 컵에 수돗물을 받아 부어주고 돌아섰다. 그러다 세주는 자신이 부탁했던 빨간 냉장고와 마주쳤다. 침대 옆에 놓고 갔던 그것은 침대 앞으로 위치가 바뀌어 있었고, 광택제라도 바른 듯 반짝반짝 빛나고 있었다. 세주는 냉장고로 다가가 손등으로 쓸어내렸다. 당시에는 몰랐는데 방과 잘 어울려서 처음부터 여기 붙박여 있던 가구 같다는 생각이 들었다. 그때 냉장고 상단 오른쪽에 코끼리 자석으로 붙여놓은 사진 한 장이 눈에 들어왔다. 세주는 갑자기 온몸이 굳어버렸다. 그것은 아주 오랫동안 잊고 있던 사진이었다. 코끼리 자석을 떼고 사진을 집어 들었다. 세주가 열 살 생일상 앞에서 찍은 것으로, 한자리에 모인 가족을 담은 사진이었다. 뒷면에는 '내가 가장 예뻤을 때'라는 문장이 적혀 있었다. 세주는 낡은 사진 속 가족들의 얼굴을 한참 동안 들여다봤다. 찢었다 다시 붙인 상태라 가족들의 몸에는 날카로운 도구로 그은 것처럼 금이 가 있었다. 그럼에도 모두 눈부시게 젊었고, 행복하게 웃고 있었다. 세주뿐만 아니라 가족 모두가 가장 예뻤던 시절이었다.

세주는 오래전 이 사진을 버리기로 결심하고 두 번 짝짝 찢어 쓰레기통으로 던졌었다. 그러나 막상 버리고 나자 마음이 편치 않아서 도로 꺼내어 조각을 맞췄다. 대신 다시는 들춰볼 일이 없을 것 같다고 생각한 책 한 권을 골라 갈피 속에 끼워뒀다. 뒷면의 문장은 사진을 붙이고 난 후 위로하기 위해 쓴 것이었다. 위로의 대상이 사진인지 자신인지는 알 수 없었다. 분명한 건 그 문장이 사진을 계속 지켜줬다는 것이었다. 세주는 더 이상 거부하지 않기로 마음먹고 사진을 지갑 속에 넣었다. 동하는 이 사진을 어떤 책에서 발견했을까. 아무리 더듬어봐도 세주는 그 책의 제목이 무엇이었는지 생각나지 않았다.

가족사진이 있던 자리 옆에 색 바랜 분홍색 포스트잇이 투명 테이프로 붙여져 있었다. '동하 씨, 냉장고를 부탁해. 화분도.' 세주가 냉장고와 화분을 동하한테 맡기면서 급하게 써놓고 갔던 메모였다. 보관하듯 그 쪽지를 여태 버리지 않고 냉장고에 붙여놓은 것도 뜻밖인데, 메모 옆에 세주의 기억에 없는 문장이, 세주의 것이 아닌 글씨체로 적혀 있어서 더 뜻밖이었다. 그것은 '화분도' 옆에 볼펜으로 쓰다 만

'ㅁ'자를 연필로 이어서 쓴 문장이었다. 세주는 무슨 말을 하려고 'ㅁ'자를 썼었는지 기억나지 않았다. 'ㅁ'자에 이어 쓴 문장은 이러했다.

몹시 보고 싶어.

그것은 동하의 글씨체였다.

세주는 창밖에 내리는 눈송이를 바라보며 몹시 보고 싶어, 라고 소리 내어 말해봤다. 세주는 그 문장이 세주가 동하한테 해주길 바라는 말인지, 동하가 세주한테 전하고 싶은 마음인지 궁금해졌다. 생각해보니 그것은 아무 말 없이 훌쩍 사라지곤 하던 세주에게 동하가 자주 남긴 문자이기도 했다. 그 문자의 진짜 의미는 사라진 이유가 무엇인지 듣고 싶다는 것이었다. 그러니 동하 입장에서 어느 날 갑자기 세주가 자신의 방에 냉장고와 화분을 놓고 떠난 이유가 '몹시' 궁금했을 것이다.

세주는 뒤돌아 빨간 냉장고로 갔다. 냉장고 문을 열자 오래된 종이 냄새가 묵직하게 풍겨왔다. 그 냄새를 맞자 봄날 고향에 돌아온 듯한 기분이 들었다. 세계의 끝을 찾아 떠나기로 결심하고 낡고 쓸모없는 물건을 폐기처분했던 세주는 버리기 아까운 물건들만 골라 친구들한테 택배로 부쳤다. 부피가 큰 건 용달차에 싣고 돌아다니며 친구 집 앞에 메모와 함께 두고 나왔다. 그러다 마지막에 남은 물건이 세주가 가장 아끼는 책이었고, 불현듯 떠오른 사람이 동하였다. 그때는 다시 돌아올 리 없을 거라 확신했던 터라 동하가 옛 남자 친구란 사실도 별 상관이 없었다. 어쩌면 현관문 비밀번호를 알고 있다는 것이 동하를 생각나게 한 이유였는지도 모르고, 과연 그 번호를 눌렀을 때 문이 열릴지 궁금해서 한번 들렀던 것인지도 모르겠다. 세주는 현관문 비밀번호인 동하의 휴대폰 번호 여덟 자리를 눌렀다. 뜻밖에도 문이 열리자 세주는 그걸 허락을 구한 것으로 착각하고 과감하게 냉장고를 안에 들였다. 하여튼 동하에게 책과 냉장고를 준 건 대단한 속뜻이 있어서가 아니었다. 의미라면 책보다는 오히려 숨을 쉬고 보살핌이 필요한 화분에 있었다. 생명을 책임진다는 건 어려운 일이니까. 그런데 동하가 이토록 훌륭하게 화분을 돌봐주리라고는 생각도 못했다. 자주 투덜거리던 사람이라 화분을 귀찮게 여길 줄로만 알았다. 토기 화분의 크기가 달라진 걸 보면 최근에 분갈이까지 해준 것 같았다. 그래서인지 동하는 다른 친구들과 달리 꽃말이 아닌 이름으로 기억되었고 동하, 동하, 동하라고 소리 내어 이름을 불러보자 자신과 헤어진 뒤로 동하가 어떻게 지냈는지 안부가 궁금해졌다.

　세주가 동갑내기 동하를 만난 건 대형마트 물품보관소 앞이었다. 세주는 친구의 생일 파티가 있어서 전날 집에서 정성 들여 만든 케이크를 들고 출근했다. 꽤 크고 무게도 나가는 2단 케이크라서 막상 들고 전철을 타려니 망가질까 봐 걱정이 되었다. 세주는 일단 마트 물품보관소에 보관해뒀다 퇴근길에 찾아서 생일 파티 장소로 가는 게 좋겠다고 생각했다. 그런데 하필 그날 다급하게 처리해야 할 일이 생겨서 퇴근이 늦어지고 말았다. 늦게라도 생일 파티에 참석하려고 서둘러 물품보관소에 도착했지만 어디다 흘렸는지 아무리 찾아도 열쇠가 보이지 않았다. 고객센터에 문의하려다 시간이 더 지체될까 봐 택시를 잡아타고 약속 장소로 갔다. 하지만 모임은 이미 끝나 있었고, 결국 세주는 파티 참석은 물론이고 케이크 선물도 친구에게 전하지 못하고 집으로 돌아가야 했다.

아쉽고 속상한 마음에 세주는 주말임에도 다음 날 물품보관소를 다시 찾아갔다. 세주는 쪼그리고 앉아 제일 아래 칸 보관함을 손으로 잡아당겼다. 속으로는 요즘 누가 열쇠식 보관함을 쓰냐며 괜히 마트를 탓했다. 고객센터에 들러보려고 자리에서 일어난 그때 뒤에서 누군가가 저기요, 하고 불렀다. 세주가 돌아보자 검정색 롱패딩 차림의 남자가 혹시 열쇠 잃어버리셨나요? 하고 물었다. 남자가 들고 있는 분홍색 열쇠고리에는 번호 9가 적혀 있었다. 남자는 어제 외근 중 회사 동료의 부탁으로 비품을 사러 마트에 들렀다가 입구 바닥에서 열쇠를 발견했다. 비품을 사고 회사로 돌아간 남자는 주머니에서 영수증을 꺼내다 같이 딸려 나온 열쇠를 한참 들여다봤다. 마트 관계자에게 맡긴다는 걸 깜빡 잊고 주머니에 넣고 온 모양이었다. 남자는 열쇠 주인이 찾으러 올지도 모른다고 생각해서 다음 날 아침 마트로 향했다. 관계자를 거칠 필요 없이, 때마침 어떤 여자가 해당

보관함 앞에 앉아 문을 애타게 잡아당기고 있었다. 남자로부터 열쇠를 건네받은 세주는 보관함을 열고 케이크를 꺼냈다. 케이크를 보자 속상한 마음이 조금 누그러지기도 하고, 열쇠를 찾아준 남자에게 감사를 표하는 게 예의 같아서 세주가 차를 한잔 사겠다고 했다. 동하는 조금 망설이다 좋다고 고개를 끄덕였다. 열쇠를 가져가는 바람에 곤란하게 만든 것 같아 자신이 오히려 차를 사야 하는 게 아닌가 싶어서였다. 세주와 동하는 가까운 카페에서 커피를 마시고 케이크를 나눠 먹었다. 2단 케이크는 나중에 주인 잃은 생일 케이크가 아닌 두 사람의 첫 만남을 축하하는 케이크로 기억되었다.

동하의 안부를 물을 데가 없어서, 세주는 친구 집을 방문하고 나올 때마다 자신이 주었던 살림살이 일부분을 기념사진으로 찍어 인스타그램에 올린 것처럼 빨간 냉장고의 둥그런 모서리 부분을 휴대폰으로 찍었다. 너무 일부분이라 살림살이 주인만이 간신히 알아볼 수 있을 정도였다. 해시태그는 잊어버린 친구의 이름 대신 꽃말로 붙였는데, 동하만은 이름을 잊지 않아서 예외로 할까 하다 그냥 문샤인의 꽃말인 '관용'으로 입력했다.

　오후가 되자 눈이 그치고 창 안으로 햇볕이 살그머니 비쳐들었다. 세주는 볕이 들어 따뜻해진 곳에 웅크리고 누워 잠깐 눈을 붙였다. 몸이 으슬으슬 추워서 눈을 떴을 때 창밖은 어느새 깜깜해져 있었다. 세주는 깜짝 놀라 자리에서 벌떡 일어나 휴대폰을 들여다봤다. 동하가 퇴근해 돌아올 시간이었다. 현관문이 열리고, 문샤인까지 건강하게 잘 자라고 있는 걸 허락으로 해석했지만 동하와 연락을 한 게 아니라서 방을 신세 질 수는 없었다.

　가방을 챙겨 든 세주는 방을 나가려다 말고 냉장고로 다가갔다. 가방에서 지우개 달린 연필을 꺼내 포스트잇에 적혀 있는 '몹시 보고 싶어'를 문질러 지웠다. 손등으로 지우개 가루를 털어내고 'ㅁ' 자만 덩그러니 남은 자리를 지우개 끝으로 톡톡 두드렸다. 그리고 오랜 고민 끝에 ㅁ으로 시작하는 문장 하나를 남기고 동하의 집을 나왔다.

　멀리 떠나도 다른 건 없더라.

막상 나왔지만 갈 데가 없어서 세주는 가까운 찜질방에서 하루를 묵기로 했다. 겨울이라 찜질방은 사람들로 북적였다. 대부분 가족이나 연인끼리 온 사람들이었다. 황토색 찜질복으로 갈아입은 세주는 수건으로 양 머리를 만들어 썼다. 그러고 따뜻한 바닥에 누워 천장을 바라봤다. 추위는 금방 가셨지만 잠들만 하면 사람들이 발밑으로 지나가 훼방을 놓았다. 여기저기서 들려오는 부스럭대는 소리 때문에도 깊은 잠을 잘 수 없었다. 모로 누운 세주는 잠이 저절로 들 때까지 생각에 잠겼다.

늘 그렇듯 생각의 시작은 식물 상점이었다. 식물에 둘러싸여 있으면 숨 쉬기가 편하고 머리가 맑아져서 세주는 식물을 좋아했다. 식물은 탁하고 나쁜 숨을 가져가고 맑고 편한 숨을 내주었다. 머릿속에 끼어 있는 뿌연 연기도 말끔하게 거둬 가주었다. 식물을 가까이하면 편한 숨처럼 삶도 편해질 거라고 생각했고, 그래서 가진 돈을 꿈이었던 식물 상점에 몽땅 투자했다. 하지만 기대만큼 잘되지는 않았다. 좋아하는 게 일로 이어진다고 좋아하는 마음까지 계속 이어질 거란 건 크나큰 착각이었다. 상점을 꾸려

가기 위해서는 식물을 좋아하는 마음으로 바라보는 게 아니라 돈으로 봐야 하기 때문이었다.

식물이 스트레스가 되자 세주는 꿈마저 헛되게 꾸며 살았다는 걸 처음으로 깨달았다. 그것이 세주로 하여금 끝까지 가보게 만들었다. 끝까지 가기 위해서 상점과 집, 살림살이를 모두 처분했고 지금도 그걸 후회하지는 않았다. 세계의 끝을 찾으면 머리가 하얗게 셀 때까지 거기에 머물거나 아예 돌아오지 않을 생각으로 결정한 일이었으니까. 끝에서는 더 이상 실패하지 않고 작은 꿈이라도 이룰 수 있을 거라고 생각했으니까. 결국 꿈이란 어디를 가든, 그리고 그 크기가 어떻든 살아가는 한 쉽게 포기할 수 없다는 걸 끝에 가서야 알게 되었다.

그러나 막상 그 끝에 도착해 몇 달 살아보니 떠나왔나 싶을 정도로 삶은 달라지지 않았다 세주는 늘 세계의 끝에서 살고 있었던 것이다. 다만 떠나지 않았다면 자신이 머무는 곳이 끝이란 걸 몰랐을 테니 언제든 한 번은 떠나야 했다. 그러니 찾아 떠났던 그 험한 길과 시간이 전혀 의미가 없다고 할 수는 없었다. 많은 걸 잃고, 그것도 모자라 일부러 버리고도 후

회하지 않는 건 그 때문이었다. 아니 세주뿐만 아니라 누구든 자신이 서 있는 곳이 누군가한테는 세계의 반대쪽 끝이었다. 세주는 그들이 찾아 헤매는 세계의 끝에 미리 와 있다고 생각하면 왠지 모르게 편안해졌다. 시간과 길을 벌고, 번 만큼 마음을 비웠으니까.

    생각에 잠긴 동안 몸이 노곤해졌는데도 어수선한 분위기 탓인지 여전히 잠은 오지 않았다. 세주는 휴대폰을 켜고 인스타그램에 들어갔다. 제자리로 돌아온 후 올렸던 살림살이 피드들을 한 장 한 장 살폈다. 친구 이름 대신 꽃말로 해시태그를 붙여서인지 그들 대부분은 그것이 세주가 주고 갔던 살림살이인 걸 알아보지 못했다. 세주의 짐작이나 바람과 달리 친구에게 요긴한 물건이 아니었다면 사실 눈여겨볼 일도 없는 것이다. 어떤 친구는 몰라보고 댓글로 뭘 찍은 사진이냐고 묻기도 했다. 어쩌면 그들에게 세주의 살림살이는 화분처럼 쓸모가 없었는지도 모르겠다. 그래도 다행인 건 우정이란 해시태그를 붙인 사진, 옷이 담긴 캐리어를 가졌던 친구는 단번에 알아봤다. 그러자 물을 너무 많이 줘서 마란타를 죽게

한 친구에게 처음만큼 서운한 감정이 들지 않았다. 죽이려고 일부러 물을 많이 준 게 아니라 많이 줘야 건강하게 자랄 거라고 생각했을 테니까. 그리고 또 한 장, 관용이란 해시태그를 붙인 빨간 냉장고에도 댓글이 하나 달려 있었다.

#멀리떠나도다른건없다

동하였다. 빨간 냉장고 앞에 서서 포스트잇을 들여다봤을 동하의 모습을 떠올리자 세주는 이상하게 참을 수 없을 만큼 무거운 잠이 쏟아졌다.

세주는 찜질방 구석 자리에 앉아 브런치로 찐 달걀과 제로 사이다를 먹으며 휴대폰을 들여다봤다.

#멀리떠나도다른건없다

세주는 그 말을 달걀과 같이 씹어 먹고 사이다와 함께 꿀꺽 삼켰다. 나 믹고 났을 때 세주한테 그 말은 현관문과 화분에 이은 세 번째 허락처럼 느껴졌다. 찜질방의 어수선함이 싫기도 해서 세주는 오늘 한 번만 더 동하 집에 가보자며 자리를 털고 일어났다. 동하 집은 걸어서 십 분 거리에 있었다.

세찬 눈보라를 맞으며 동하 집에 도착한 세주는

현관문 비밀번호를 누르고 들어갔다. 그리고 사이드 테이블 위 문샤인을 살핀 뒤 냉장고에 붙어 있는 포스트잇을 들여다봤다. '멀리 떠나도 다른 건 없더라'라는 문장은 지워지고 없고 대신 'ㅁ'으로 시작하는 다른 문장이 연필로 또박또박 적혀 있었다.

만약 갈 데가 없으면 모레까지 지내. 지방 출장이 있거든.

출장이 있다는 건 왠지 거짓말 같았다. 그래도 방을 내준 게 고맙고 미안해서 세주는 동하가 남긴 인스타그램 댓글에 답글을 달았다. 역시 ㅁ으로 시작하는 문장이었다.
#머물게해줘서고마워
세주는 추워서 보일러부터 튼 다음 욕조에 물을 받아 몸을 푹 담갔다. 굳었던 몸이 노곤해지자 피곤도 사르르 풀렸다. 샤워를 하고 나와서는 뜨겁게 탄 커피를 마시며 빨간 냉장고를 열었다. 커피 냄새를 덮어버릴 정도로 책 냄새가 진하게 퍼져 나왔다. 동하는 이 책을 다 읽었을까. 세주는 책을 한 권 꺼내

펼쳤다. 간간이 동하가 그어놓은 밑줄이 보였다. 세주는 자리를 고쳐 앉아 밑줄 친 부분만 따라서 읽어나갔다. 읽으면서 세주는 책을 공유하니 이런 재미가 있구나, 하고 생각했다. 자신은 전혀 반응하지 않았던 무미한 글에 어떤 이는 이토록 진지하게 공감하고 별 표시를 해둘 정도로 가슴에서 반짝거렸다는 사실이 신기했다. 이렇게 생각도 감성도 다른 남녀가 만나 연애란 걸 했으니 결과가 이별일 수밖에.

세주는 책을 보다 말고 고개를 들어 동하와 헤어지던 날을 떠올렸다. 세주는 해마다 8월이면 몸이 아프고 기분이 우울해졌다. 웃으며 잘 지내다가도 그 시기가 되면 작정한 듯 모든 게 엉망진창이 되고 말았다. 아무에게도 그런 모습을 보여주기 싫어서 세주는 숨어버리는 쪽을 택했다. 왜 그러는지 설명이나 해명을 하는 게 귀찮아서였다. 어떤 면에서는 이해를 구하려는 노력조차 고통스러워서 이상하고 제멋대로인 인간이란 오해를 받는 게 차라리 나았다.

동하와 만나던 그해에도 어김없이 병이 도져서 세주는 휴대폰을 꺼놓고 호텔로 도망쳤다. 예전에는 섬 같은 곳으로 떠나야 했지만 언제부턴가 휴대폰만

꺼놓고 지내도 그곳이 어디든 완벽한 섬이 되어주었다. 세주는 일주일 동안 섬에 스스로를 고립시켜 피폐해진 몸과 기분을 추슬렀다. 병을 치료하고 돌아오면 사귀고 있던 남자들은 하나같이 이별을 통보했다. 동하라고 다르지 않았다. 세주는 그들을 모두 이해했다. 이해해서 그 시기가 오기 전에 세주가 먼저 관계를 정리한 적도 있었다.

이별 과정에서 동하가 다른 남자들과 조금 다른 점이 있기는 했다. 다른 남자들이 아무것도 묻지 않고 세주에게 일방적으로 이별 통보를 했다면 동하와는 하룻밤 동안 진이 빠질 정도로 말싸움을 하고 결별했다. 그래서인지 다른 남자들의 이별 통보에서 세주가 '버려졌다'는 느낌을 받았다면 동하와의 이별에서는 '헤어졌다'는 느낌을 받았다. 버림에는 티끌만큼의 감정과 미련도 남지 않아서 뒤돌아볼 일 같은 건 생기지 않는다. 두 사람의 관계에 더 이상 미래가 없는 것이다. 물론 처음부터 존재하지 않았던 시간처럼 과거도 단숨에 사라져버린다. 동하와 헤어지던 날에 대한 기억이, 서로를 향해 쏟아붓던 독한 말들이 일 년 반이 지난 지금까지도 머릿속에 남아 있는 건 그래서였다. 냉장고를 부탁할 사람으로 동하가 자연스럽게 떠올랐던 것도 같은 이유였다. 버려진 관계가 아니라 헤어진 관계였기에.

  동하가 밑줄 친 문장만 계속 찾아서 읽었더니 세주는 마치 새 책을 보는 기분이 들었다. 좋아해서 여러 번 읽은 책인데도 이런 문장이 있었나 갸웃할 정도로 기억나지 않는 부분이 많았다. 삶이 고단할 때마다 몸을 기댔던 책이었는데. 별것도 아닌 문장 한 줄에 삶이 정당해지기도 했는데. 전부라고 생각해서 누구에게도 보여주고 싶지 않았는데. 제자리에 머무는 건 아무것도 없다는 듯 특별하고 소중했던 것들도 결국은 잊히고 평범해져서 낯선 곳으로 흘러간다. 그렇다면 책들은 낯선 여기에서 어떤 대접을 받고 있을까. 세주는 다른 책도 꺼내 동하의 흔적이 있는지 샅샅이 살폈다. 거의 다 읽은 듯 책마다 누색 밑줄이 그어져 있었다. 동하는 다른 친구들과 달리 화분에 이어 세주가 주고 간 물건까지 요긴하게 잘 사용한 것 같았다. 세주는 자신이 평소 가장 아꼈던 물건이 외면받지 않아서 안도했다. 이젠 자신이 아끼지 않아도 되어서였다. 아낀다는 건 아직도 미련을 둔다는 의미였다. 미련을 남기면 어디를 가든 돌아오고 싶어진다. 세주는 자기 대신 아껴줄 사람이 생겨서 다행이라고 생각하며 책을 제자리에 꽂아두었다. 불이 들어오지 않는 냉장고 문을 천천히 닫자 자신의 한 시절에 해당하는 문을 봉인한 느낌이 들었다.

세주는 동하가 한 솥 끓여놓고 간 미역국에 냉장고를 뒤져서 나온 재료로 야채볶음밥을 만들어 먹었다. 그러고 곰팡이가 하얗게 피기 시작한 귤을 해치우듯 까먹으며 영화를 두 편 보고 났더니 자정이 훌쩍 넘어 있었다. 세주는 침대에 눕기 전 인스타그램에 잠깐 들어갔다. '#머물게해줘서고마워'에 동하의 답글이 달려 있었다. 당연한 듯 ㅁ으로 시작하는 문장이었다.

#문득세계의끝을보고온너의눈이궁금해졌어

세계의 끝. 동하가 그걸 어떻게 알고 있을까. 그 끝에 다녀왔다는 건 또 어떻게. 세주는 동하에게 그런 얘기를 한 적이 있었나 곰곰이 생각했다. 했다면 아마 술 마시다 자신도 모르게 나온 말이었을 것이다. 언제나 마음속 깊이 심어둔 이야기는 술김에 튀어나왔으니까. 그렇게라도 꺼내놓아야 마음에 다른 걸 보관해둘 공간이 한 틈이라도 생겼다. 세주가 술을 좋아하고 자주 마시는 이유이기도 했다.

세주는 불을 끄고 침대에 누웠다. 찜질방과 달리 바닥은 푹신하고 발밑을 지나가는 사람이나 수군대는 말소리가 없어서 잠이 잘 올 것 같았다. 하지만 세주는 여러 번 몸을 뒤척였다. 가로등 불빛이 창으로 스며든 탓일까. 아니면 그쳤던 눈이 다시 거칠게 내리며 유리창을 건드려서일까. 반대 방향으로 돌아누우자 사이드 테이블 위 문샤인이 어둠 속에서 희미한 윤곽을 드러내고 있었다. 잘 자란 문샤인은 키가 커서 꼭 누군가가 옆을 지키고 앉아 있는 느낌을 주었다. 그래서인지 불안감은 천천히 잦아들었고, 천장을 보고 누운 세주는 더 이상 뒤척이지 않았다.

동하가 생각하는 세계의 끝은 어디일까. 그것은 꼭 지리적인 끝만을 가리키는 건 아닐 것이다. 마음의 끝도 누군가에게는 세계의 끝이었다. 그리고 끝이란 행복을 의미할 수도 절망을 뜻할 수도 있었다. 세주는 손바닥으로 자신의 한쪽 눈을 만져봤다. 이

눈이 보고 온 세계의 끝. 이 눈동자에 담아 온 세계의 모습. 세주는 어릴 때부터 어딘가에 다른 삶, 다른 미래가 기다리고 있을 거라고 믿었다. 그곳이 자신이 도착해야 할 세계의 끝이라고 생각했다. 할아버지가 항상 '세주야, 세주야, 넌 말이다'로 시작하는 이야기 속 삶은 세주의 귀에 평범하게 들리지 않았다. 할아버지는 커다란 배를 모는 사내였다. 자신이 하는 일을 여행이라고 표현했고, 육지에 도착하면 여행하고 돌아왔다고 말하며 다녀온 곳에 관한 이야기를 동화책처럼 알아듣기 쉬운 문장으로 풀어냈다. 할아버지는 세주를 무릎에 앉혀놓고 몸을 이리저리 흔들며 얘기하는 버릇이 있었는데, 그 때문에 세주는 배를 탄 것처럼 멀미를 느꼈다. 얘기를 듣다 눈을 감고 졸기라도 하면 어김없이 할아버지의 이야기는 꿈으로 생생하게 이어졌다. 꿈에서 본 아름다운 풍경들은 마치 작은 엽서 같았다. 할아버지가 배를 정박한 곳에서 그 나라의 풍경이 그려진 엽서에 글을 써서 보내준 것 같은. 물론 할아버지는 엽서를 보낸 적이 한 번도 없었지만, 세주는 상상 속 엽서를 차곡차곡 모으며 언젠가 엽서에 나오는 삶을 찾아 떠나기로 다짐했다.

    세주는 자신의 눈을 다시 한번 손으로 만져봤다. 여섯 달 동안 이 눈에 담아 온 수십 장의 엽서들. 평생 배를 몰고 살았던 할아버지는 외로운 사람이었다. 집으로 돌아와서도 외롭기는 마찬가지였다. 바다 냄새 나는 할아버지의 여행 이야기를 재밌게 들어주는 사람이 세주뿐이었으니까. 그러나 지금은 할아버지가 외롭지 않았을 거라는 생각이 든다. 세계의 끝을 보고 온 눈이 궁금하다는 동하의 말 때문이었다. 세주도 할아버지가 돌아오면 무슨 이야기를 꺼내놓을지 몹시 궁금했었으니까. 세주는 떠나야만 만날 수 있는 먼 곳의 이야기를 할아버지가 왜 해주었고 왜 떠나라고 했는지 돌아와서야 비로소 알았다. 다른 삶과 미래는 먼 곳에 있는 게 아니라 그곳에서 돌아와 본래 있던 자리에서 찾아야 한다는 것이고, 멀리 떠나도 다른 건 없지만 달라지는 것은 있다는 뜻이란 걸 말이다.

    동하의 집에 이틀째 묵는 날이었다. 창밖에서는 함박눈이 쏟아지고 있었다. 눈이 내리자 동하에게 아침 인사라도 전해야겠다는 생각에 문샤인을 찍어 인스타그램에 올렸다. 이젠 무조건 ㅁ으로 시작하는 문장이어야 할 것 같았다.

#먼훗날에라도보여줄수있기를

'#문득세계의끝을보고온너의눈이궁금해졌어'라고 했던 동하의 답글에 대한 답글이었다.

세주는 계란프라이와 커피 한 잔으로 아침을 먹고 동하의 집을 천천히 둘러봤다. 귀찮아하는 성격이라 깔끔함과는 거리가 멀 거라고 생각했는데 전혀 그렇지 않았다. 동하는 정돈을 잘했고, 필요한 살림만 갖춰놓고 살고 있었다. 그건 낭비를 하지 않는다는 뜻이었다. 세주는 동하 집에 세 번 와봤다. 세 번 모두 필름이 끊긴 상태로 동하의 등에 업혀서 왔었다. 일어나서도 술이 덜 깬 상태였던 터라 세주는 그때 지나쳤던 것들을 이제야 눈여겨보고 있었다. 지금 본다고 달라질 건 없었지만 동하가 당시 왜 그랬는지 이해되는 게 하나 있었다. 동하는 약속 시간에 늦은 적이 한 번도 없었고, 세주가 오 분만 늦어도 버럭 화를 냈었다. 다른 건 관대한 편인데도 시간에 대해서만큼은 몹시 예민하게 굴었다. 무언가를 기다려야 하는 시간 앞에서는 참을성도 부족했다. 세주는 집 안 곳곳에 놓여 있는 여러 종류의 알람시계를 보며 동하가 시간을 허투루 쓰는 걸 싫어하고, 시간에 대한 강박증이 심하다는 걸 알았다.

　최근에 생긴 취미인지 동하는 방 하나를 아예 캠핑용품을 보관하는 장소로 사용하고 있었다. 아직은 절반의 절반만 채워진 상태였지만 방 가운데에 캠핑 의자와 테이블을 세팅해서 캠핑장처럼 꾸며놓았다. 세주는 그 의자로 가서 앉았다. 테이블에는 판타지 영화에 나올 법한 신비한 모양의 램프 하나가 놓여 있었다. 스위치를 켜자 방은 그대로 숲속 캠핑장이 되었다. 세주는 캠핑 방을 보며 동하가 출장을 간 게 아니라 캠핑장에서 지내고 있을지도 모르겠다고 생각했다. 아니면 가까운 곳에서 차박을 하고 있거나. 천장에는 야광별이 빼곡하게 붙어 있었다 팔을 뻗어 램프를 끄자 어두운 방으로 푸른 은하수가 쏟아졌다. 왠지 동하가 야외 캠핑장보다 여기서 캠핑을 하는 시간이 많았을 것 같다는 생각이 들었다.

　세주는 그 외에도 동하가 고전영화와 우주에 관심이 많다는 것, 동하의 생일이 1월이고 며칠 남지 않앉다는 걸 알았다. 동하와 만난 기간이 여섯 달이라서 생일을 축하해줄 기회는 없었다. 사실 생일이 언제냐고 물어보지도 않았다. 남녀가 서로를 알아가기에 여섯 달은 충분한 시간이 아니었던 걸까. 아니면 애초부터 세주가 알아가기를 주저했거나 고의로 피했을까.

 세주는 냉장고와 싱크대를 열어 필요한 재료를 확인한 다음 마트에 다녀와 케이크를 만들었다. 세주는 중학교 3학년 때 책을 보고 혼자 베이킹을 배웠다. 한번 배를 타고 나가면 돌아오는 데 몇 달이 걸리는 할아버지는 자신의 몸에서 풍기는 바다 비린내를 지겨워했다. 문을 열고 들어왔을 때 집에서 구수한 냄새가 나면 좋겠다는 할아버지의 말이 신경 쓰였던 세주는 구수한 냄새를 찾다 베이커리 가게에서 흘러나오는 빵 냄새에 무릎을 쳤다. 그리고 수많은 실패 끝에 빵을 제대로 만들게 되자 할아버지가 바다에서 돌아와 다시 떠나는 날까지 매일 빵을 구웠다. 할아버지 덕에 베이킹을 일찍 배운 세주는 앞으로 굶주릴 일은 없겠다고 안심했다. 할아버지가 배를 모는 기술처럼 세주에게도 기술 하나가 생긴 것이었다.

 집 안에 구수한 냄새가 가시지 않아서 할아버지는 행복해했지만, 세주는 조금 섭섭했다. 세주는 바다 냄새를 맡으며 할아버지의 여행 이야기를 듣는 걸 좋아했기 때문이었다. 할아버지의 이야기는 비릿한 냄새가 섞여야 훨씬 생동감이 있었다. 집에 쌓여가는 빵은 할아버지가 배를 타러 나갈 때 모두 챙겨 갔다. 세주가 구워낸 빵은 얼굴이 검게 탄 선원들에게 인기가 제법 좋았다.

 빵은 할아버지가 몸에 묻혀 온 바다 냄새를 없애주려고 만들었다면 케이크는 다른 사람들의 생일을 축하해주려고 만들기 시작했다. 물론 자신의 생일에도 만들었지만, 세주에게 케이크는 생일을 혼자 조용히 보내기 위한 용도였다. 초를 꽂을 수 없기에 나이를 알 수 없는, 한낱 베이커리의 임종일 뿐이었다. 세주는 사람들에게 생일이 언제인지 절대 알려주지 않았고, 피치 못하게 상대방이 알게 됐더라도 생일에 신경 써주는 걸 원치 않았다. 세주는 다른 사람들에게 생일 케이크를 만들어주는 것으로 자신의 생일을 대신 위로했다. 그들의 케이크에는 나이 수만큼 초를 꽂고 불을 붙일 수 있겠구나, 라는 생각만으로도 충분히 만족스러웠다.

세주는 눈을 뭉쳐서 만든 것 같은 새하얀 케이크를 물끄러미 쳐다봤다. 눈 내리는 겨울에 태어난 동하에게 어울리는 케이크였다. 케이크에 초를 꽂고 불도 붙이라고 알록달록한 초와 성냥도 챙겨놓았다. 동하와 동갑이니 초의 개수는 곧 세주의 나이였다. 세주는 자신과 나이가 같은 사람을 위해 케이크를 만들 때 가장 큰 위로가 되었다. 그러고 보니 그동안 케이크를 만들어 준 사람은 대부분 세주와 같은 개수의 초를 가진 사람들이었다. 세주는 이제야 그 사실을 깨닫고 숨을 참았다가 내쉬었다. 같이 살아 있고, 같이 살아가는 한 그 숫자는 결코 달라지지 않는다. 동하에게 끌렸던 것도 어쩌면 그 때문이 아니었을까. 다른 어떤 것보다도 케이크에 꽂는 초의 개수가 매년 같다는 것.

세주가 케이크를 냉장고에 넣고 돌아서자 휴대폰 알림이 울렸다. 아침에 찍어서 올린 문샤인 사진에 동하가 답글을 남겼다. 보나마나 이번에도 ㅁ으로 시작할 것이다.

#무엇이있을까세계의끝에는

세주는 답글을 쓰려다 말고 고개를 돌려 창밖의 눈을 한참 바라봤다.

만월이었다. 저녁이 되자 요란하게 내리던 눈은 그쳤다. 깨끗하게 닦아놓은 듯 구름 한 점 끼지 않은 밤하늘에 잘 구운 팬케이크 같은 둥근 달이 오롯이 떠 있었다. 도시가 밝아 별이 보이지 않는 게 아니라 만월이 된 달을 돋보이게 하려고 별들이 모두 숨어버린 것 같았다. 창문을 연 세주는 팔꿈치로 창틀을 짚고 서서 달을 올려다봤다. 날씨가 쌀쌀했지만 달빛이 환하게 빛나서 몸이 노릇노릇 달궈지는 기분이었다. 어둠 속에서 창문들이 노랗게 눈을 떠 세주를 쳐다봤다. 세주는 밤에 불 켜진 창문을 바라보는 걸 좋아했다. 창 하나하나가 사람 같아서 보고 있으면 혼자가 아니란 생각이 들었다.

밤이 무섭고 세상에 혼자라고 느껴질 때 창을 열고 밖을 내다보라고 가르쳐준 사람은 할아버지였다. 할아버지는 세상에 사람이 많다는 걸 말해주려는 것이었다. 저렇게 많은 사람 중에서 네 옆에 있어줄 사람 하나 없겠냐고. 네 얘기를 들어줄 친구 하나가 없겠냐고. 밤에 질문을 던지면 그들은 반드시 너에게 답을 줄 거라고. 할아버지가 진짜 그들이 답을 준다는 의미로 한 말이 아니란 걸 세주는 조금 커서 알았다. 질문은 답을 듣기 위해서 하는 게 아니라 마음의 무게를 덜기 위해 던지는 거란 걸. 세주는 삶의 무게를 내려놓기 위해 눈 뜬 창문을 향해 말을 걸었고, 말은 빛으로 되돌아와 어둠 속 불안을 물리쳐주었다.

내일이면 동하 집을 떠나야 한다. 아직은 어디로 갈 것인지, 가서 무얼 할 것인지 구체적인 계획은 없었다. 다만 시간이 흘러가듯 발길 따라 가다 보면 어디든 닿을 것이고, 걸음이 멈추는 곳에서 무엇이든 시작하게 될 거라고 생각했다. 별다른 건 없지만 세계의 끝을 보고 와 조금은 달라진 눈으로 주변을 둘러보며 살 거라고. 달빛을 흠뻑 맞았더니 세주는 문 샤인처럼 키가 훌쩍 자란 느낌이 들었다.

세주는 창문을 닫고 부엌으로 갔다. 일부러 거짓말까지 해가며 사흘 동안 방을 빌려준 동하에게 케이크와 별개로 식사 한 끼를 대접하고 싶었다. 세주는 보온밥통에 밥을 안치고 된장국을 끓였다. 그리고 있는 재료로 반찬 몇 가지를 만들어 냉장고에 넣어두었다. 동하와 만나면서 가장 잊히지 않는 장면이 하나 있다면 함께 대관람차를 탄 일이었다. 세주는 열 살이 되던 생일날 가족과 놀이동산에 간 거며 해 질 무렵 마지막 놀이기구로 대관람차를 탔던 이야기를 동하한테 한 적이 있었다. 물론 세주는 술에 취한 상태라 자기가 그런 말을 한 걸 기억하지는 못했다. 동하와 관람차를 탄 날도 세주의 생일이었다. 레스토랑에서 식사를 마치고 동하가 식탁에 케이크를 올려놓자 그제야 생일을 축하해주기 위해 마련한 자리라는 걸 알았다. 생일을 어떻게 알았느냐고 묻자 동하는 대답해주지 않고 지그시 웃으며 초에 불을 붙였다. 초가 꽂힌 생일 케이크라니. 불꽃이 타오르는 생일 초라니. 그날 세주는 스물일곱 개의 촛불을 모두 끈 순간 멈췄던 시간을 훌쩍 건너뛰어 비로소 제 나이를 찾은 것 같다고 생각했다.

동하는 식사와 생일 파티를 마치고 아무런 말 없이 세주를 놀이동산으로 데리고 갔다. 평일이라 폐장 시간이 다 된 데다 길이 막혀 늦게 도착하는 바람에 안타깝게도 놀이기구는 모두 운행을 멈춘 상태였다. 하지만 동하는 담당 직원을 찾아가 오늘이 여자 친구 생일이라며 관람차를 타게 해달라고 간곡한 목소리로 부탁했다. 그리고 직원의 손을 붙잡고 귓속말로 한 가지를 더 부탁했다.

세주와 동하만 태운 관람차는 허공으로 올라갔고, 한 바퀴를 돈 뒤 다시 허공으로 올라가 가장 높은 지점에서 멈췄다. 도시 야경이 한눈에 내려다보이는 가운데 서쪽 하늘로 마침 해가 지고 있었다. 세주는 그저 붉은 노을을 말없이 쳐다보기만 할 뿐이었다. 동하 또한 아름다운 광경이 행여라도 흩어질까 봐 숨소리조차 내지 않고 뒤에서 가만히 지켜봤다. 세주의 어깨 너머로 펼쳐진 저 고요하고 평화로운 세상이 오늘만큼은 오로지 세주 차지가 되었으면 좋겠다고 생각하면서. 관람차에 어떤 추억이 깃들어 있는지 알 수 없지만 저 노을 진 하늘처럼 아름답고 벅찬 풍경이었기를 바라면서.

그렇게 직원과 약속했던 십 분이 지나고 관람차가 덜컹, 움직이기 시작하자 세주의 눈에 고여 있던 눈물이 또르르 흘러내렸다. 지상에 가까워질 때까지도 그 눈물은 멈추지 않았다. 세주는 자기 인생에서 생일은 관람차를 탔던 그 두 해뿐이었다고 생각했다. 그것만으로도 생일에 대한 추억이 충만해서 세주는 이후 생일을 챙기지 않았다.

그날의 대관람차 안에서 일몰을 보고 있던 세주를 흔들어 깨운 건 밥이 다 됐다는 보온밥통 안내음이었다. 정신이 든 세주는 고무장갑을 벗어 수도꼭지에 걸쳐놓고 일찍 자려고 방으로 들어갔다. 그러나 잠이 들 때까지 세주를 태운 대관람차는 공중을 돌다 꼭대기에서 멈추기를 여러 차례 반복했다.

모처럼 푹 자고 일어난 세주는 침대를 정리한 뒤 짐을 챙겼다. 가방을 메고 동하의 방을 한번 둘러본 세주는 불을 끄려다 말고 빨간 냉장고로 다가가 문을 열었다. 밑줄까지 그어가며 열심히 읽어서 가장 아끼는 불신이 된 책이 있다. 그마지 비리고 떠난 건 누구한테라도 마음을 들키고 싶어서가 아닐까, 라고 세주는 생각했다. 들키고 싶은데 마침 떠오른 사람이 동하였던 건 헤어진 사람이라 들켜도 창피하지 않을 것 같아서였다고. 그리고 한 사람한테라도 지난 시간에 대한 이해를 구하고 싶었다고.

세주는 허리를 수그려 냉장고 안을 자세히 살폈다. 그래도 한때 아끼던 책인데 동하한테 들켜버린 마음 중 딱 한 권만 챙겨가고 싶었다. 고르는 게 쉽지 않았지만 다시 한번 읽고 싶은 책으로 꺼내 들고 책장을 넘겼다. 그때 갈피 사이에서 무언가가 빠져나와 세주의 발등으로 떨어졌다. 하단에는 '내가 가장 행복했을 때'라는 글자가 적혀 있었다. 폴라로이드 카메라로 찍은 동하의 사진이었다. 세주는 동하가 가장 행복했을 때가 언제였는지 궁금해서 사진을 자세히 들여다봤다. 혼자 꽃다발을 들고 학교 건물을 배경으로 찍은 고등학교 졸업 사진이었다. 동하는 교복이 아닌 사복 차림이었다. 그러나 하단에 적힌 문장과 달리 동하의 표정에서는 전혀 행복이 느껴지지 않았다. 오히려 어둡고 외로워 보였다. 세주는 오래된 기억을 보관해두기에 가장 안전한 장소가 책 속 갈피라고 생각하지만, 동하가 과연 이 사진을 자신처럼 잊기 위해 넣어둔 것인지, 너무 소중해서 간직하고 싶어 넣어둔 것인지 알 수 없었다. 세주는 동하의 사진을 냉장고에 코끼리 자석으로 붙여놓고 책은 가방 속으로 집어넣었다. 적어도 세주는 동하가 저 사진을 어떤 책에 넣어 보관했는지 잊어버리지 않을 것 같았다. 세주는 연필을 꺼내 동하가 포스트잇에 적어놓은 '만약 갈 데가 없으면 모레까지 지내. 지방 출장이 있거든'을 지우고 'ㅁ' 자가 남은 자리에 이렇게 적었다.

문샤인 앞으로도 잘 부탁해, 동하 씨. 노란 달빛 꽃도 언젠가 꼭 피우고.

세주는 마지막으로 인스타그램에 사진 한 장을 업로드하고 빨간 냉장고에서 돌아섰다. 사진은 자신의 얼굴 한쪽을 셀카로 찍은 것이었다. 반쪽이긴 하지만 세주가 처음으로 올리는 얼굴 사진이었다. 세계의 끝을 보고 온 눈동자에는 물기가 잔잔하게 스며 있었고, 입술 꼬리는 살짝 솔라기 있었다. 우는 것인지 웃는 것인지 모를 얼굴이었다. 세주는 사진 밑에 '#무엇이있을까세계의끝에는'에 대한 대답을 바로 적었다. 세주가 생각할 수 있는 ㅁ으로 시작하는 문장은 단 하나였다.
　#모든세계의끝에는시작이있어

불을 끄고 동하의 집을 나온 세주는 등 뒤에서 현관문 잠기는 소리가 들리자 모든 허락이 끝났다는 듯 빠른 걸음으로 계단을 내려갔다. 하루 사이 날씨가 많이 풀려서 바깥은 춥지 않았다. 세주는 청명한 하늘을 올려다보며 어디로 갈까 방향을 찾는 나침반 바늘처럼 제자리에서 여러 바퀴를 돌다가 멈췄다. 그리고 천천히 한 바퀴를 더 돈 다음 눈부신 태양을 따라 거침없이 걷기 시작했다. 거기에 무엇이 있을지 세주는 확신하고 있었다.

3. 빈방에 놓인 화분

이듬해 봄, 드물게 아이보리빛 꽃을 피우는 경우가 있다는 그 꽃을 문샤인이 드디어 피워냈다. 겹겹이 포개진 은은한 잎사귀 사이로 한 줄기 꽃을 수줍게. 밤이면 창가에 앉아 달빛을 먹고 자라서인지 꽃은 달빛을 품고 있었다. 꽃도 빛깔도 향기도 모두 신비로웠다. 그동안 물과 햇볕의 양에 신경 쓰고, 잎사귀에 쌓인 먼지까지 젖은 수건으로 닦아가며 키운 보람이 있었다. 사실 무언가를 이토록 정성 들여 가꿔본 건 난생처음이었다. 달빛 꽃은 내 정성에 대한 화답花答 같았다. 문득 문샤인의 꽃말인 관용과 꽃을 보면 행운이 찾아온다는 말이 떠올랐다. 과연 내게 어떤 행운이 찾아올까.

나는 문샤인의 화답을 아무한테라도 자랑하고 싶어서 사진으로 찍어 인스타그램에 올렸다. 마지막 피드를 올린 지 다섯 달 만이었다. 그러니까 이 작은 달빛 꽃이 나의 긴 SNS 권태를 끝내게 해주고, 오랜 침묵을 멈추게 해준 것이다. 하지만 나는 그 사진 한 장이 불러올 일에 대해서는 미처 예상하지 못했다. 알았다면 올리지 않았을까. 나는 그 일을 나한테 찾아온 행운이라고 해야 할지, 내 행운을 빼앗으려고 찾아온 낯도둑으로 봐야 할지 알 수 없었다.

사진을 올리고 이틀 후, DM 하나가 도착했다. 세주였다. 작년 1월, 내 집에 사흘 동안 머물다 간 뒤로 세주에 대한 새로운 소식은 들을 수 없었다. 세주는 우는 것인지 웃는 것인지 모를 자신의 얼굴 반쪽 사진을 끝으로 더 이상 인스타그램을 업데이트하지 않았다. 어디서 어떻게 지내고 있는지 안부가 가끔 궁금했지만, 세계의 끝을 보고 돌아왔으니 전보다는 잘 살고 있을 거라 생각하고 잊고 지냈다.

나는 세주가 남긴 메시지를 시간차를 두고 여러 번 읽었다. 비교적 짧고 더없이 명확한 글이라서 굳이 시간차를 둘 필요도, 행간의 숨은 의미를 찾을 필요도 없는데 읽고 또 읽었다. 조금 당황스러워서였다. 첫 문장에서 세주는 단도직입적으로 화분을 돌려달라고 했다. 빨간 냉장고에 대한 언급은 없었다. 그러자 화분이 주체였고 냉장고가 덤이었나, 하는 생각이 들었다. 세주는 예전에 자신이 살았던 언덕 위 반지하 방으로 다시 이사를 가게 됐다면서 그 집으로 내일까지 화분을 갖다줄 수 있느냐고 물었다. 세주는 그 집으로 제일 먼저 들어오는 물건이 화분이었으면 좋겠다고 했다. 자신이나 다른 어떤 물건보다도 그 화분이었으면 한다고. 나는 그때, 세주가 나한테 찾아온 행운이라기보다 애써 키워온 나의 행운을 앗아가기 위해 돌아온 사자 같다고 생각했다. 그런데도 나는 다음 날 오후 늦게 문샤인을 차에 싣고 세주의 집으로 갔다. 그때처럼 뿌리째 뽑히는 일이 생기지 않도록 운전은 조심히 했다. 하루 동안의 고민 끝에 화분을 돌려주기로 결심한 이유는 메시지 뒷부분에서 세주가 미안한 태도를 취한 점도 있지만, 그보다는 세계의 끝을 보고 온 세주의 눈을 직접 마주하고 싶어서였다.

공용 주차장에 차를 주차시키고 가파른 언덕길을 걸어서 올라갔다. 재작년 여름, 시들시들한 새순이던 화분을 들고 이 언덕을 올라갔던 날이 떠올랐다. 그때는 화분이 가벼워서 걷는 데 어려움이 없었지만 지금은 너무 무거워져서 중간에 두 번이나 쉬었다 가야 했다. 봄인데도 그때처럼 날씨가 더워서 세주 집 앞에 도착하자 이마에 땀이 송골송골 맺혔다.

 문이 잠겨 있지 않아서 현관문을 열고 안으로 가만히 발을 들였다. 세주가 일부러 열어둔 거라는 걸 알았다. 벽지와 장판을 새로 깔아서 집은 환하고 깨끗했다. 페인트칠도 다시 했고 전등도 형광등에서 LED로 교체되어 있었다. 나는 신발을 벗고 부엌방을 지나 안방으로 들어갔다. 그러고는 그늘진 곳에 화분을 내려놓았다. 꼭 집들이 선물로 화분을 들고 온 것 같았다. 봄날처럼 화사해진 방과 우아한 문샤인은 제법 잘 어울렸다. 그러나 살림살이가 없는 빈방이라 그런지 조그마한 움직임에도 소리가 크게 울렸다. 나는 벽에 등을 기대고 앉았다. 전에 세주가 침대를 놓아두던 곳이라서 창문이 맞바라보였다. 검은색 매직으로 그어놓은 듯한 세 개의 전깃줄이 유리창을 가로지르고 있었다. 여기에서 달라지지 않고 그대로인 건 그것뿐이었다. 나는 저 전깃줄에 새가 날아와 앉기를 고대하며 세주를 기다렸다. 하지만 세주는 저녁이 돼도 나타나지 않았다. 새도 날아들지 않았다. 덮을 이불이 없어서 조금 추웠지만 나는 자리에 쪼그리고 누워 눈을 감았다. 피곤했는지 생각보다 잠은 금방 들었다.

눈을 뜬 건 누군가가 문을 열고 들어오는 소리 때문이었다. 아침 아홉 시였고, 집으로 들어온 사람은 세주였다. 자리에서 벌떡 일어난 나와 건너편 부엌방에 멈춰 서 있는 세주는 굳은 채로 한참을 마주 보고 있었다. 세주는 내가 갖고 온 화분을 힐끗 쳐다본 뒤 다시 나를 봤다. 표정으로는 제일 먼저 들어오는 물건이 화분이어야 하는데 왜 너까지 여기 있냐고 묻는 듯했다. 예상치 못한 상황에 좀 놀란 것도 같았다. 나는 삼 년 만의 만남이 어색해지지 않게 먼저 인사를 건넸다.

"안녕, 세주야."

"어, 응, 동하 씨. 안녕."

"살이 많이 빠지고 헤어스타일도 달라져서 길 가

다 마주쳤으면 못 알아봤을 거야."

"동하 씨는 그대로네."

동갑인 우리는 이상하게 사귈 때부터 호칭이 서로 달랐다. 나는 세주라고 불렀고 세주는 내 이름에 꼭 '씨'를 붙였다. 처음에는 거리감이 느껴지고 서운하기도 했다. 하지만 동갑이란 이유로 나를 함부로 대하지 않겠다는 의지라고 그 거리감을 이해하자 호칭에는 금방 익숙해졌다. 오랜만의 만남이 세주도 어색한지 굳었던 몸과 분위기를 풀어보려는 듯 화분으로 천천히 다가갔다. 텅 빈 방에 화분이라도 있어서 그나마 다행이었다. 세주는 손끝으로 문샤인의 잎사귀와 꽃을 살며시 만지며 말했다.

"실제로 보니까, 훨씬 예쁘고 우아하다. 오랜 시간 정성 들여 키웠을 텐데……."

세주는 DM으로 화분을 돌려달라고 했을 때처럼 미안해했다. 그러고는 문샤인 가까이 얼굴을 대고 향을 맡았다. 세주의 입술 끝이 보일 듯 말 듯 살짝 올라갔다.

"집들이 선물이라고 생각해. 그리고, 작년 내 생일 케이크에 대한 보답이라고도."

그건 진심이었다. 너무 맛있어서 생일 케이크 하나로 가장 기억에 남는 생일이 되었으니까. 세주는 그 말에 마음이 가벼워진 듯 뒤돌아 내 옆으로 와서 앉았다. 우리는 쑥스러운 표정으로 서로를 마주 본 뒤 창문으로 시선을 옮겼다. 그러나 나는 고개를 돌려 훔쳐보듯 세주를 슬쩍슬쩍 쳐다봤다. 세계의 끝을 보고 온 눈이 궁금해서였다. 나른하다 싶을 정도로 느리게 깜빡이는 눈을 보자 왠지 불안정하고 예민했던 과거의 모습은 많이 사라진 것 같았다. 어딘가 편하고 느긋해 보이기도 했다. 단발을 고수했던 헤어스타일이 부드러운 긴 생머리로 바뀐 것도 인상적이었다. 그동안 기억 속에 흐릿하게 남아 있던 세주의 얼굴이 비로소 선명해지고 있었다. 맞아, 저 얼굴이었어. 하지만 예전에 내가 알던 세주는 분명 아니었다.

"그동안 어떻게, 지냈어?"

세계의 끝에는 시작이 있다는 말대로 세주가 그 끝에서 돌아와 어떻게 시작했는지 궁금해서 물었다. 세주는 지난 일 년여의 시간을 되돌아보는 듯 눈을 감았다가 한참 만에 천천히 떴다.

"먹고사는 데 지장 없는 일을 하면서 지냈어. 동하 씨는?"

"나야 뭐, 다람쥐 쳇바퀴처럼 매일 회사 다니고……."

우리는 동시에 소리 없이 웃었고 그러자 어색한 긴장도 동시에 누그러졌다.

"뭐 하나 물어봐도 돼?"

세주가 고개를 끄덕였다.

"왜 나한테 냉장고를, 아니 책을, 아니 냉장고에 책을 넣어서 줬어?"

세주는 물어볼 줄 알았다는 표정이었다.

"헤어진 사이라서."

"뭐?"

"버려진 사이가 아니라 헤어진 사이라서 동하 씨 생각이 났어."

친구 사이도 애인 사이도 아닌, 헤어진 사이라서 나한테 가장 아끼는 책을 맡겼다고 이해했다. 그 사이란 나중에 마음이 변해서 돌려받고 싶어졌을 때 당당히 요구할 수 있는 간격일 거라고 생각했다. 돌려달라고 해도 너무 서운해하거나 아쉬워하지 않을 정도의 거리. 그리고 안 들어줄 수도 없을 만큼의 첨예함이 서린 간극.

"그럼 냉장고는?"

"술을 다 해치웠더니 안이 텅 비어 있더라고. 냉장고에 넣으면 한꺼번에 옮기기 좋을 것 같아서."

"그랬구나."

"나도 뭐 하나 물어봐도 돼?"

"얼마든지."

"생일 케이크에 나이 수만큼 초를 꽂고 불도 껐어?"

"혼자 보낸 생일이었지만, 네 덕분에 할 건 다 했어. 나이만큼 초도 스물아홉 개 꽂고 불도 붙이고, 생일 축하 노래도 나한테 불러주고. 소원까지 빌고 나서 후, 하고 불도 껐어. 케이크가 엄청 커서 냉장고에 넣어두고 아껴가며 한 달 동안이나 먹었어. 난 음식 싫어하는데 전혀 달지 않고 고소한 풍미가 꽉 차 있어서 정말 맛있었어. 누가 내 생일 케이크 챙겨준 건 네가 처음이야."

세주가 만족스러운 표정을 지으며 작은 목소리로 중얼거렸다.

"우리도 어느새 서른이 됐구나."

그 후로 대화가 끊겼는데도 어색한 분위기는 조금도 깃들지 않았다. 창문으로 들어온 봄 햇살 조각이 길게 늘어지며 우리의 발끝을 간지럽혔다.

"냉장고 속 책은 다 읽었어?"

세주가 옆으로 고개를 돌리며 물었다. 그 책이라면 애정이 각별했다. 어떤 책을 들춰보든 그 안에 내가 있기 때문이었다.

"다 읽고, 두 번 읽은 책도 있어. 모두 좋더라. 버릴 책이 하나도 없었어. 나한테 더 추천해주고 싶은 책 있어?"

세주는 머리를 가로저었다. 없다는 것일까, 싫다는 것일까.

"이제 더는 책을 읽지 않아서."

"아니, 왜?"

나는 놀란 눈으로 물었다.

"냉장고 속 책만 읽어도 충분하다는 생각이 들었어."

나는 세주가 세계의 끝을 보고 와서라고 생각했다. 그러니까 아직 세계의 끝에 가보지 않은 내겐 책이 더 필요한 것이다. 그래서 더욱 세주가 세계의 끝에서 보고 온 것들이 궁금했다. 하지만 세주는 알려주지 않을 것이다. 그런 건 알려준다고 알 수 있는 게 아니었다. 나는 세주의 눈빛과 목소리와 표정으로 상상만 할 뿐이었다. 세주가 거기서 무엇을 보고, 그것이 세주를 어떻게 달라지게 했는지를. 나는 그것에 조금이라도 물들어보고 싶어서 몰래 세주의 눈을 자주 바라봤다.

"식물 상점을 냈었다는 얘기는 친구한테 들었어. 네 꿈이었잖아."

나는 신문지 두 장만 달랑 펼쳐져 있던 텅 빈 가게를 떠올렸다.

"폐업을 하고 나니까, 내가 식물을 좋아하고 나한테 식물이 필요하다고 다른 사람들도 그럴 거라는 착각에서 벌인 일이었다는 걸 알았어. 임대료 내야 하는 월말이 다가올 때마다 화분을 몇 개만 더 팔면 되는지 계산기를 두드리고 있는데 숨이 안 쉬어지더라. 시들기 전에 빨리 팔아치워야 한다는 생각뿐이었어. 돈과 엮이니까 식물도 한순간에 영혼 없는 물건으로 전락해버리더라고."

"속상했겠다."

"아예 시도조차 못한 것보다는, 실패한 꿈이지만 그래도 닿아보기는 했으니까, 뭐."

꽃가게와 식물 상점의 차이가 뭐냐고 물으려다 의미 없는 물음 같아서 관뒀다. 대신 다른 걸 물었다.

"술은?"

"술도 얼마 전에 끊었어."

책, 식물, 술. 모두 세주가 좋아하던 것들인데 이제 세주의 삶에서 필요가 없어지고 말았다. 지나간 시절. 그러나 필요가 없어졌다는 건 충분하다는 뜻이기도 했다. 밑줄을 그으며 가슴 빼곡히 새겨둔 책 속 문장으로, 빈방에 놓인 저 문샤인 화분 하나로, 무수한 밤 술에 취해 있었던 황홀한 기억으로. 복잡다단했던 세주의 모습이 사라지자 지금의 세주는 훨씬 이해하기 쉬운 사람처럼 보였다. 그것은 마치 아무것도 없는 방에 오롯이 앉아 있는 저 화분 같은 모습이었다. 더할 것도 뺄 것도 없어서 화분 하나로 텅 빈 방이 가득 채워지는 충만함.

방바닥에 드리워진 정오의 햇살이 너무 샛노래서

마치 만개한 개나리꽃을 보는 것 같았다. 반뿐이지만 반지하 방에도 햇볕이 들어오고 하늘이 보인다. 반뿐이겠지만 밤이 되면 여기에서도 달이 뜨고 별이 반짝이는 장면을 볼 수 있을 것이다. 그리고 역시나 반뿐이겠지만 노랗게 눈 뜬 창문들도 만날 수 있을 것이다. 우리는 그 노란 밤의 창문에 관한 얘기를 한참 나누었다. 그러다 세주가 반지하 방에서 창문이 얼마나 소중하고 아름다운지, 반대로 또 얼마나 기괴한지를 말하고 있는데 배에서 꼬르륵거리는 소리가 났다. 나는 소리를 감추려고 얼른 헛기침을 했지만 이미 늦어버렸다.

"내 정신 좀 봐. 시간이 이렇게 된 줄도 몰랐네."

세주가 가방에서 휴대폰을 꺼내 시간을 확인하며 말했다.

"동하 씨 배 많이 고프지? 아침을 안 먹어서 나두 배고프네. 우리 뭐 시켜 먹자. 내가 살게. 뭐가 좋을까?"

나는 손으로 배를 움켜쥐며 대답했.

"집들이 왔으니까, 탕수육에 짜장면으로 할까?"

"집들이? 그러자."

세주는 배달 어플로 음식을 주문했다. 주문을 마치고는 벽시계를 어디에 거는 게 좋을까, 하며 고개를 이리저리 돌려 벽을 살폈다. 그러고 보니 전에는 이 방에 벽시계가 없었다. 시계가 없어서 불편했지만 그래서 시간 가는 줄 모르고 술을 마셨던 기억이 난다. 세주는 시간에 집착하거나 아껴 쓰는 타입은 아니었다. 오히려 시간이 빨리 흘러가기를 바랐고, 빨리 흘러가게 하는 방법은 시계를 안 보는 거라고 취중에 말한 적이 있었다.

내가 창문 옆을 가리키며 저기에 걸면 좋겠다고 말하자 세주가 그럴까, 하고 잔잔하게 웃었다.

"근데 동하 씨 집에는 알람시계가 왜 그렇게 많아? 동하 씨 시간개념 하나는 철두철미한 건 알고 있었지만."

나는 입술을 깨물며 한숨을 내쉬었다.

"알람시계 때문에 시험을 망친 적이 있어서."

그것도 인생에서 가장 중요하다는 수능시험이었다. 수능 당일 시험에 대한 불안감 때문에 잠을 좀 설쳤는데, 아침에 일어나 벽시계를 보고 두 눈을 의심하지 않을 수 없었다. 아홉 시 십오 분. 1교시 언어

영역을 치르고 있어야 할 시간이었던 것이다. 휴대폰 알람은 무슨 영문인지 진동 모드로 바뀌어 있었고, 알람시계는 하필 건전지가 다 돼서 바늘이 새벽 여섯 시에 멈춰 있었다. 자취생 신분이라 내 옆에는 깨워줄 가족도 없던 상황이었다. 그날을 떠올리면 아직도 섬뜩한 공포가 등골을 타고 올라온다. 삼 년 동안의 노력과 준비를 알람시계 하나로 망칠 수 있다는 게 도저히 믿기지 않았다. 해마다 뉴스에 단골로 등장하는, 지각하는 수험생을 볼 때마다 한심하다고 비아냥댔는데 나는 시험조차 치르지 못한 인간이 된 것이었다. 나는 그날 내 인생은 끝났다고 선언했고 그날 이후 시간은 내 삶을 지배해버렸다.

"세상에나, 어린 나이에 충격이 정말 컸겠다."

세주는 입을 다물지 못했다.

"그날 이후로 알람시계기 여러 개 있어야 불안하지 않았어. 중요한 날에는 일 분 단위로 알람을 맞춰야 해. 시간을 지키는 건 나한테 인생을 지키는 일이 됐어. 건강도 사랑도 행복도 모두 시간을 지키는 데서 온다고 생각해."

"하지만 부작용도 있지 않아? 강박증 같은 거."

"나한테 강박증은 부작용이 아니야. 조금도 불편하지 않으니까. 물론 남들은 불편해하겠지. 근데 알고 보면 그것도 남들한테 피해를 주지 않으려는 노력이야."

세주가 피식, 웃었다.

"왜 웃어?"

"그래서 줄 서는 식당에 가자고 할 때마다 얼굴이 시퍼레졌구나. 동하 씨 기억나? 고깃집 앞에서 소리 빽 지르고 혼자 가버렸던 거."

"잊을 수 없지. 기다리는 시간이 무려 네 시간이나 됐었잖아."

당시에는 화나고 이해도 안 됐던 일들이 시간이 지나면 이렇게 웃으며 말할 수 있는 추억이 된다. 그래서 나는 시간의 힘을 믿는다. 믿기 위해서는 먼저 지키고 아껴야 한다. 시간은 운명을 바꾸고 인연을 변화시키니까. 세주와의 인연도, 지금 세주와 한방에 앉아 있는 것도 결국 시간이 해낸 일이지 않은가.

"지금도 줄 서는 식당에 가?"

내가 물었다.

"같이 갈 사람이 있을 때는 가지만, 혼자 먹으러

갈 때는 안 가. 그러니까 줄 서는 식당에 간다는 건 나한테 누군가 있다는 거야."

"누군가 있을 때만 일부러 그런 식당을 골라서 간다는 거야?"

"응."

"왜?"

"기다리는 시간에 이야기를 할 수 있잖아. 그러면 기다리는 시간이 지루하지 않고 같이 견딜 수 있으니까."

"네 말은 그러니까, 이야기를 하고 싶어서 줄 서는 식당에 간다는 거야?"

"응."

생각해보면 세주와 가장 많은 대화를 나눴을 때는 줄 서는 식당에서였다. 중요하거나 진지한 이야기, 기억에 남는 즐거운 이야기는 모두 줄을 서는 시간 속에, 줄을 서야 하는 길바닥 위에 있었다. 그리고 이야기의 핵심은 줄 서서 먹었던 음식으로 이어져서 나중에 같은 음식을 먹을 때마다 맛과 함께 떠올랐다. 이야기가 맛이 되어버린 것이다.

"그럼, 세계의 끝에서는 줄을 선 적이 없었겠네?"

"응. 그래서 그런가, 이상하게 맛도 없더라. 생각나는 음식도 없고."

세주는 쓸쓸한 표정으로 창문을 올려다봤다.

"지금은?"

"지금도 줄을 서지 않아."

세주가 혼자라는 말에 괜히 가슴이 두근댔다. 그때 주문한 음식이 도착했는지 밖에서 문을 두드리는 소리가 들렸다. 나는 배달원이 문 앞에 두고 간 그릇을 가지고 들어왔다. 그러고 보니 세주와 사귈 때 짜장면을 먹어본 적은 없었다. 세주 옆에 나는 있었지만 줄을 서야 하는 중국집을 찾지 못해서였다.

후루룩, 후루룩. 짜장면 먹는 소리가 빈방에 울려 퍼졌다. 탕수육을 먹을 때, 세주는 '찍먹'이고 나는 '부먹'이지만 내가 양보했다. 세주의 휴대폰에서는 카톡 소리가 계속 흘러나왔다. 중요한 문자가 아닌지 세주는 휴대폰을 진동으로 바꾸고 뒤집어놓았다. 휴대폰 케이스에 익숙한 스티커가 붙어 있었다.

"어, 야광별이네?"

탕수육을 짜장면에 얹어 먹으며 내가 말하자 세주

가 물티슈를 꺼내 입술을 닦았다.

"이거, 동하 씨 방 천장에서 한 개 떼어 온 거야. 별이 엄청 많길래."

"범인이 너였구나?"

세주가 탕수육을 베어 문 채 눈을 동그랗게 떴다.

"어느 날 불을 끄고 천장을 올려다보는데 내가 좋아하는 남십자성 미모사 별이 없어졌더라고. 자국만 희미하게 남아 있고. 어디로 떨어졌는지 방을 구석구석 살폈는데도 안 보이고."

"아무렇게 붙여놓은 게 아니라 그게 다 별자리였구나. 남십자성이라면 옛날 항해사들에게 중요했던 별자리를 말하는 거지? 어렸을 때 할아버지한테 들은 적이 있어."

"응, 맞아. 십자가 모양 별자리인데, 북반구에 사는 우리는 볼 수 없어. 북반구에서 내비게이션 별자리가 북극성이라면 남반구에서는 남십자성이 내비게이션 별자리야."

"중요한 자리의 별을 내가 가져와버렸네."

그러면서 세주가 별을 떼어 나한테 돌려주려고 하자 손으로 가로막으며 관두라고 했다.

"왜?"

"자국이 남아 있어서 낮에는 보여."

"그럼 어두울 때는?"

나는 천장을 올려다보며 말했다.

"어두울 때는, 저기쯤에 있을 거라고 생각하면 신기하게 보여."

애초에 돌려줄 마음이 없었다는 듯 세주가 야광별을 도로 휴대폰 케이스에 붙였다. 어두울 때, 저 미모사 별은 세주의 휴대폰 뒤에서 반짝이고 있을 것이다.

"동하 씨 취미가 캠핑인 건 몰랐어."

세주가 단무지를 베어 물자 반달 모양이던 단무지가 초승달 모양이 되었다. 면을 다 건져 먹고 남은 짜장 양념에 베어 먹은 노란 단무지를 올려놓으니 꼭 밤하늘에 초승달이 떠 있는 것처럼 보였다.

"취미라고 하기엔……."

나는 민망해서 짜장면 그릇으로 얼굴을 푹 떨구었다.

"실은 캠핑을 가본 적이 한 번도 없어. 그냥, 방에 꾸며놓고 기분만 내본 거야."

"아니, 왜……."

"막상 가려니까 혼자서는 좀…… 그렇더라고."

세주가 밤하늘에 떠 있는 초승달 단무지를 젓가락으로 집어서 입에 넣었다. 그러자 짜장면 그릇은 그믐밤이 되었다. 사실 나는 친구가 별로 없다. 여름휴가를 같이 가자고 할 만한 친구도 없어서 매년 휴가는 집에서 혼자 보냈다. 단무지를 다 먹은 세주가 부러 목소리를 높여 말했다.

"가족이나 친구가 바글바글 있어도 요즘은 혼자 캠핑 가는 사람들도 많던데, 뭘. 그게 진짜 자유로운 휴식인 거지."

나는 언젠가 가게 되겠지, 하며 지그시 웃고만 말았다.

우리는 바닥에 남은 짜장 양념까지 숟가락으로 싹싹 긁어 먹었다. 나는 그릇을 포개 비닐봉지에 담아 문밖에 내다 놓았다. 그러고는 배달 어플로 커피 두 잔과 세주가 좋아하는 티라미수 두 조각을 주문했다. 입안에서는 짜장면 맛이 아직도 감돌았다. 앞으로 언제, 어디서, 누구와 짜장면을 먹든 그것을 먹을 때마다 화분이 놓인 빈방과 그곳에서 세주와 나누었던 이야기들이 떠오를 것이다. 그러니까 그 이야기는 나한테 짜장면 맛이 된 것이다.

　우리는 아메리카노를 무릎에 올려놓고 창문을 바라봤다. 창 그림자가 점점 왼쪽으로 기울어졌고, 그림자의 뾰족한 모서리는 각도를 바꿔가며 화분 근처에 머물렀다. 길을 지나다니는 사람들의 다리 그림자가 장판을 얼룩덜룩 걸어서 창밖으로 사라졌다. 방 안에는 커피 향이 가득 차 있어서 공기에서도 커피 맛이 났다. 입으로 마시고 코로도 들이마시는 커피 맛에는 어떤 이야기가 입혀질지 궁금해졌다.

　세주가 휴대폰으로 화분을 찍어서 SNS에 올렸다. 얼굴 반쪽 사진 이후 처음으로 올리는 사진이었다. 달빛 꽃은 세주의 SNS 침묵도 깨뜨리고 있었다. 방과 화분과 햇살이 담긴 사진 밑에 '#빈방에놓인화분'이라고 해시태그를 붙였다. 세주가 세계의 끝으로 떠나면서 친구들한테 맡겼던 화분은 오래전에 모두 죽었다고 했다. 세주는 나한테 맡긴 화분만이라도 잘 자라길 멀리서 응원하고 있었던 것 같았다. 그리고 문샤인이 달빛 꽃을 피우는 날을 기다려왔다는 것도 알 수 있었다.

"왜 다시 이 집으로 이사를 오는 거야?"

커피를 한 모금 들이켜며 물었다. 세주가 귀 뒤로 머리칼을 넘기면서 방을 한번 둘러봤다.

"되는 일이 없던 곳에서 다시 시작해보고 싶었어. 이번에도 안 되는지 궁금하기도 하고."

세주가 살짝 웃음을 지었다. 어떤 의미의 웃음인지는 아리송했다. 다만 왜 행운의 꽃을 피운 문샤인이 자신보다 먼저 이 방에 들어오길 바랐는지 알 것 같았다. 그리고 잘 되고 안 되고는 물질적인 풍요를 뜻하는 게 아니라는 것도. 나는 그것을 세주의 달라진 목소리와 눈빛으로 느꼈다.

"이삿짐은 언제 들어와?"

"사흘 후에."

어쩌면 세주는 행운의 꽃이 피는 때에 맞춰 이사를 결심했는지도 모르겠다. 나는 플라스틱 포크로 티라미수 귀퉁이를 잘라서 먹었다. 세주가 자신의 SNS 사진을 들여다보며 물었다.

"내가 동하 씨 냉장고에 붙여두고 왔던 사진 말이야."

그날 세주가 떠난 집은 청소가 말끔하게 되어 있

었다. 세주는 케이크와 함께 밥과 국, 반찬도 세 가지나 만들어놓고 갔다. 빨간 냉장고에는 내 사진이 코끼리 자석으로 붙어 있었다. 세주가 일부러 꺼내놓고 갔다는 걸 알 수 있었다.

"하단에 '내가 가장 행복했을 때'라고 적혀 있던데, 그때가 진짜 동하 씨 인생에서 가장 행복했을 때야?"

나는 포크를 입에 문 채 고개를 끄덕였다. 하지만 그 문장은 사진을 찍은 당시에 적은 건 아니었다. 세주를 따라해보고 싶어서 사진을 골라 문장을 적고 책 속에 넣어둔 것이다.

"근데……."

"근데 사진은 전혀 행복해 보이지 않아서 이상했지?"

나는 지방에서 중학교를 졸업한 후 상경해 서울 변두리 고등학교에 진학했다. 어렸을 때부터 내성적인 기질 탓에 학교생활에 잘 적응하지 못하는 편이었는데, 고등학교에 올라가고 상황은 더 심각해졌다. 부모의 돌봄을 받지 못하는 자취생 신분과 왜소한 체격은 학교폭력의 타깃이 되기에 충분했고 또

쉬운 조건이기도 했다. 나는 일진에 속한 아이들로부터 적금 붓듯 사흘에 한 번꼴로 맞았고 삥을 뜯겼다. 교사한테 사실을 알려도 그때만 잠깐 폭력이 멈출 뿐이었다. 그들은 고자질했다는 이유로 추후에 이자까지 붙여서 두 배로 때렸다. 몰아서 맞는 것보다 정기적으로 맞는 게 그나마 덜 아파서 나중에는 누구한테도 도움을 청할 수 없었다. 때리는 건 그들의 일이었고 맞는 건 나의 일이었다. 학교는 울타리가 쳐져 있을 뿐 지옥이나 다름없었다. 그 학교 지옥은 학생이 존재하는 한 멈추지 않고 계속 운영될 것이다. 그래서 자퇴도 진지하게 고민했지만 하고 나면 내 인생에 빨간 줄을 남겼다고 훗날 후회할까 봐 겁이 났다.

어느 날 코피를 닦다 말고 거울을 보며 물었다. 과연 살아서 고등학교를 마칠 수 있을까. 거울 속 내가 코피를 줄줄 흘리며 대답했다. 살아만 있다면, 아무리 길어봤자 고등학교는 고작 삼 년이니까, 삼 년만 견디면 지옥을 벗어날 수 있어. 희망이 있어. 시간이 주는 희망이야. 나는 그날부터 달력에 가위표를 해가며 삼 년을 버텼다. 버틴 것보다 무뎌졌다는 표현이 옳을지도 모르겠다. 결국 시간은 흘러갔고, 바람대로 그 자리에 희망이 찾아왔다. 졸업식은 내가 드디어 제도교육과 학교폭력으로부터 졸업하게 됐다는 기념할 만한 날이었다. 어떤 곳에서 어떤 불행을 겪든 삼 년 동안 맛본 학교라는 폭력보다는 나을 것이기에 비록 사진 속 표정은 어두웠지만 나한테는 가장 행복했을 때라고 감히 말할 수 있었다. 일단은 끝났으니까.

"그래서 사복 차림으로 사진을 찍은 거야?"

세주가 굳은 얼굴로 조심스레 물었다.

"학교와 관련된 건 모든 게 끔찍했으니까. 교복 차림으로 때렸고, 교복 차림으로 맞았거든. 새하얀 교복은 운동화 자국이랑 핏자국으로 얼룩지고 더럽혀졌어. 그래서 입을 필요가 없어진 날 칼로 난도질해서 버렸어. 나한테 교복은 전혀 아름답지 않아. 순백이나 순결의 이미지도 아니고 청춘의 상징도 아니야."

세주는 조용히 숨을 내쉬었다.

"졸업식 따위에는 참석하고 싶지도 않았는데, 불현듯 끝났다는 걸 사진으로 찍어서 인증해야겠다는 생각이 들었어. 실은 수능시험 보는 날 지각한 것도 이틀 전에 그놈들한테 맞은 게 원인이었어."

나는 부서질 듯 양손을 깍지 끼었다.

"근데 지각을 안 했어도 수능시험은 망쳤을 거야. 삼 년 동안 맞으면서 공부가 제대로 됐을 리 없잖아. 어차피 재수를 해야 했어. 그렇게 생각하니까 마음은 편해지더라."

나는 헛웃음을 지었다.

"그날은 가장 행복했을 때라기보다 행복해지기 시작했을 때로 봐야겠구나."

"맞아. 시작이었어."

"행복해졌어?"

"적어도 고등학교 때보다는. 그때와 비교하면 뭐든 괜찮아서 만족스럽고 감사했어. 숨 쉬는 게 아프지 않은 것만으로도 행복했어."

"한 사람의 소중한 시간을 망가뜨려 놓고 그들은 지금 어디서 어떻게 살고 있을까?"

"잘못을 아는 놈들은 몸 어딘가가 따끔거리기라도 하겠지만, 끝까지 모르는 놈들은 속 편하게 살고 있을 거야."

세주는 휴대폰을 내려놓고 아득해진 눈으로 전깃줄을 바라봤다. 새를 기다리나. 그렇지만 새가 내려앉는다고 기적이 일어나는 것도 아닐 테고, 새가 내려앉지 않는다고 기적이 안 일어나는 것도 아닐 것이다.

맑았던 하늘에 구름이 끼었다. 구름이 해를 가릴 때마다 방으로 들어오는 햇살이 밝아졌다 어두워졌다. 창 그림자도 생겼다가 없어졌다. 약해진 기운의 햇살에 방 안이 은은하게 따뜻해서 몸이 나른해졌다. 우리는 한동안 말없이 눈을 가물거렸다. 우리 사이에 머물러 있던 커피 향은 사라졌고, 티라미수 부스러기는 흐슬부슬 말라갔다. 그때 밖에서 들려온 과일 트럭 장수의 확성기 소리에 정신이 맑아졌다. 나는 컵과 케이크 접시를 비닐봉지에 담아 한쪽으로 치우며 물었다. 세주가 사진에 대해 물었듯 나도 사진에 대해.

"사진 뒷면에 '내가 가장 예뻤을 때'라고 적혀 있던데, 그때가 진짜 네 인생에서 가장 예뻤을 때라고 생각해?"

세주는 대답하는 데 한참이 걸렸다.

"응."

"지금이 더 예쁜데. 내 눈에는."

"그러면, 안 돼."

"뭐?"

"그때가 가장 예뻐야 한다고. 항상."

"어째서?"

"모든 게 마지막이었으니까."

나는 세주가 담담하게 꺼내놓는 이야기를 들으며 사진을 떠올렸다. 온 가족이 단란하게 모여 앉아 세주의 열 살 생일을 축하해주던 그 사진을.

세주의 생일이던 그날은 일요일이었다. 엄마는 아침 일찍부터 일어나 생일상을 준비했다. 소고기를 넣어 미역국을 끓이고 세주가 좋아하는 갈비찜, 까르보나라, 팔보채 등을 만들었다. 아빠는 사흘 전에 미리 주문해둔 케이크를 베이커리 가게에서 찾아왔다. 언니와 오빠는 알파벳 은박 풍선을 불고 갈런드를 펼쳐서 거실 벽을 꾸몄다. 가족이 다 모이자 커다란 상을 차리고, 케이크에 불을 붙이고, 언니의 피아노 반주에 맞춰 생일 축하 노래를 부르고, 촛불을 끄고, 폭죽을 터뜨리고, 선물 상자를 풀고, 사진을 찍고⋯⋯. 소고기 미역국에 밥을 말아 먹고 있던 세주에게 아빠가 오늘 어디 가고 싶으냐고 물었다. 세주는 고민도 없이 바로 놀이공원이라고 대답했다. 가족들은 식사를 마친 뒤 차를 타고 놀이공원으로 향했다. 가는 내내 차 안에서는 아빠가 좋아하는 클래식 음악이 흘러나왔다.

놀이공원에서 가족들은 놀이기구를 타고 돌아다니느라 시간 가는 줄 몰랐다. 날씨가 무더운 것도 잊었다. 엄마 아빠도 세주 나이로 돌아간 듯 어린아이처럼 웃으며 신나게 놀았다. 해가 뉘엿뉘엿 넘어가려고 하자 가족들은 마지막으로 대관람차를 탔다. 관람차가 덜컹거려도 무섭지 않았고, 그것이 가장 높은 곳을 지날 때마다 가족들은 모두 자리에서 일어나 같은 곳을 바라보며 환호성을 질렀다. 관람차가 한 바퀴 돌아 꼭대기에 도착하면 도시 저 끝까지 펼쳐진 노을은 어느새 색깔이 바뀌어 있었다. 노을색이 변한 것뿐인데 세주는 다른 나라의 도시에 와 있는 것 같았다. 도시의 야경은 큐빅을 달아놓은 것처럼 반짝였고, 가족들의 얼굴은 노을 색으로 빛났다. 그것은 두고두고 세주의 기억에 남을 최고로 아름다운 생일 선물이었다.

어둑해져서야 놀이공원을 나온 가족들은 패밀리 레스토랑에서 스테이크를 먹고 집으로 돌아갔다. 돌아가는 차 안에서도 아빠가 좋아하는 클래식 음악이 흘러나왔다. 그런데 음악 한 곡이 막 끝났을 때 덤프트럭이 세주네 가족이 탄 자동차를 덮쳤다. 순식간이었다. 자동차는 종이 상자처럼 트럭에 짓눌린 채 아스팔트를 긁으며 삼십 미터를 끌려가다 멈췄다. 이어서 음악도 멈추고 비명 소리도 멈췄다. 단 한 사람만 빼고. 양쪽에서 언니 오빠가 스펀지처럼 세주의 몸을 막아줘서 혼자만 살아남았다.

믿기 어려울 정도로 아프고 먹먹한 이야기를 듣는 사이 방 안은 조금 어두워져 있었다. 감당할 수 없는 고통과 슬픔을 만났을 때 우리는 어떻게 해야 하는가. 어떻게 견뎌낼 수 있는가.

"내 생일만 아니었어도, 사고가 일어나지 않았을 거란 생각에서 벗어날 수 없었어."

세주의 목소리는 오랜 슬픔으로 단련된 듯 떨림조차 없었다. 사고 보상금과 보험금으로 나온 돈은 세주 아버지가 사업하느라 진 빚을 갚는 데 모두 들어갔다고 했다. 세주는 그때 알았다. 그동안 잘 먹고 잘산 게 다 빚이었다는 걸. 변제 책임을 면하려고 상속 포기를 할 수도 있었지만 하지 않은 건 할아버지의 결정이었다. 어린 세주에게 가난을 물려줄지언정 빚쟁이 자식이란 오명을 물려주고 싶지 않아서였다.

"그날 이후로 케이크에 도저히 초를 꽂을 수 없었어. 초를 꽂고 불을 끄면 가족들이 먹지 못하는 나이를 나만 혼자 먹는 것 같아서. 나만 일 년을 살아버린 것 같아 미안해서."

세주의 생일이 가족의 기일이 된 후 세주한테 생일은 없어지고 말았다. 초를 꽂지 않는 케이크를 마주하는 데까지도 십 년의 시간이 필요했다고 세주가 말했다. 단란했던 가족사진은 세주에게 남은 '시절'에 대한 마지막 기록이자 가족이 함께 웃는 모습을 볼 수 있는 유일한 사진이 되었다.

"나를 때린 놈들은 내 소중한 시간을 삼 년만 망가뜨렸는데, 너는 열 살 이후로 계속 고통 속에서 살아야 했겠구나."

"나를 고통에 빠뜨리겠다고 자신의 시간을 희생

한 건 아니겠지만 내가 받는 고통은 당연한 거라고 생각했어. 그들의 시간은 아예 없어졌으니까."

나는 시간의 힘을 믿는 사람이지만, 세주가 겪고 있는 고통 앞에서는 한없이 무력했을 거라는 생각이 들었다. 시간도 어쩌지 못하는 게 분명 존재한다고.

"이후에 할아버지랑 살았어. 할아버지는 배를 모는 선장이었어. 아주 커다란 원양어선을 운전하셨지. 한번 배를 타고 나가면 보름이 걸리는 일이었고 길 때는 한 달이 넘어서 돌아오기도 하셨어. 그래서 사실 혼자서 지내야 하는 날이 많았는데, 할아버지는 그걸 늘 미안해하셨어."

세주의 이름을 지어주셨다는 할아버지였다. 사고 보상금과 보험금으로도 아버지가 진 빚을 다 갚지 못해서 남은 빚은 할아버지가 갚아왔다고 했다. 다 갚았을 때 할아버지는 은퇴할 나이에 이르렀고, 남은 재산도 얼마 되지 않았지만 빚으로부터 손녀딸을 지켜낸 걸 뿌듯해했다고.

"할아버지가 미안해하지 않게 방학이 되면 할아버지를 따라 배를 탔어. 바다는 엄청나게 넓어서 배를 타면 꼭 세계 일주를 하는 것 같았지. 선원 아저씨들도 나를 많이 예뻐해주셨어. 나는 아저씨들한테 빵을 만들어드리고, 라면도 끓여드렸어. 바쁠 때는 뱃일도 돕고 선박 청소도 하고."

세주는 갑판을 운동장처럼 뛰어다니며 지냈다. 조업이 없는 날 선원 아저씨들은 갑판에서 벌이는 모든 스포츠 경기에 세주를 꼭 참여시켜 주었다. 조업 성적이 좋은 날 밤에는 음악과 춤과 술이 있는 파티를 열었다. 생일날 가족이 탄 자동차에서 혼자 살아남은 아이. 재수가 없다는 이유로 조업 나가는 배에는 여자를 태우지 않는 관습이 있는데도 선원 아저씨들 누구도 세주를 그런 아이로 생각하지 않았다. 오히려 세주는 배에서 여신 같은 대접을 받았다. 불운을 막아주고, 바람과 파도를 잠재우고, 만선의 꿈을 이루게 해주는 행운의 여신. 실제로 세주를 배에 태운 날은 유독 바다 날씨가 좋았고, 조업 실적도 우수했다. 세주는 육지보다 바다를 딛고 살 때 되는 일이 있는 사람인 게 아닐까. 되는 일이 있는 길을 두고 반지하로 다시 돌아온 건 어디 한번 해보자는 굳은 의지인 걸까.

아까보다 더 어두워진 창문으로 보이는 하늘이 꼭

밤바다 같았다.

"그때 내 꿈은 할아버지처럼 선장이 되는 거였어. 아니 선원이라도 되면 좋겠다고 생각했지. 아득한 바다를 보고 있으면 세상일이 별거 아닌 것처럼 느껴져서 배를 타는 게 좋았거든. 바다는 작은 우주야. 특히 밤에 바다와 하늘이, 두 우주가 하나로 합쳐지는 장면은 무서울 정도로 경이로워."

배를 모는 세주, 아무것도 없는 우주 한가운데 떠 있는 세주. 상상이 되지 않았다.

"스무 살이 됐을 때 소형 선박 조종사 자격증도 땄어. 근데 할아버지처럼 큰 선박을 운전하기엔 무리라는 걸 깨닫고 꿈을 접어야 했어."

"배가 크든 작든 무슨 상관이야. 배를 직접 몰고 바다로 나갈 수 있다는 것만으로도 대단한데."

세주가 모는 배를 타고 바다로 나가 밤하늘의 별을 보고 싶어졌다.

"대신 할아버지가 은퇴하면 같이 작은 배를 타고 진짜 세계 일주를 하기로 약속했어."

그러나 세주는 그 꿈도 이룰 수 없었다고 말했다. 할아버지가 오 년 전에 돌아가셨기 때문이었다. 그

얘기를 듣고 나는, 세주가 혹시 세계의 끝에 배를 타고 다녀온 게 아닐까, 하고 생각했다. 하지만 물어보지는 않았다.

  해가 완전히 져서 방은 깜깜했지만 불을 켜지는 않았다. 햇볕 대신 가로등 불빛이 유리창을 통해 방 안으로 들어오자 어둠에 잠긴 화분이 희미하게 보였다. 우리도 화분처럼 어둠 속에 가만히 앉아 있었다. 나는 어둠에 익숙해지기를 기다렸다 고개를 돌려 세주를 바라봤다. 세주의 고요한 눈이 가로등 불빛에 반짝, 하고 빛났다. 세계의 끝을 보고 온 눈이었다. 나는 그 눈을 보며 세주야, 하고 작은 목소리로 이름을 불러봤다. 그러자 세주가 고개를 옆으로 돌려 나를 바라봤다. 나는 한 번 더 세주야, 하고 불렀다. 그리고 또 한 번, 또 한 번. 부를 때마다 세주의 이름이 어두운 빈방에 낮게 울려 퍼졌다. 나는 그냥 목말랐을 이름이라도 많이 불러주고 싶었다.
  세주가 자리에서 일어나 창문으로 다가갔다. 어두운데도 세주의 등에 허전함이 서려 있는 듯 보여서 나도 일어나 세주 옆으로 갔다. 우리는 나란히 서서 말없이 창을 올려다봤다. 방금 무언가가 전깃줄을 건드렸는지 그것이 조금 흔들리고 있었다. 새가 다녀갔나. 바람이 불었나. 밤이라 알 수 없지만 창에 그어진 검은 오선지에 투명한 음 하나가 이제 막 놓인 느낌이었다. 음이 차곡차곡 모여 음악이 되면, 그 노래가 이 창을 올려다보는 이의 삶을 견디게 해주지 않을까. 반뿐이지만 이 창으로도 세상이 보이고, 반이지만 그것도 하나의 세상이니까. 그 세상에서도 하늘이 펼쳐지고, 볕이 들고, 달이 뜨고, 별이 빛나니까. 신선한 바람과 영롱한 빗방울과 새하얀 눈송이를 빚어내니까.

밤이 더 깊어지자 기온은 쌀쌀해지고 창문들은 하나둘 노랗게 눈을 뜨고 있었다. 내 집에서 볼 때만큼 많은 창문이 보이지는 않았다. 내려다볼 때는 쉬웠는데 올려다보려고 하니 힘들다는 생각이 늘기도 했다. 그래도 마음은 차분하고 고요했고, 세주도 그럴 거라고 생각했다. 창 틈새로는 바람이 들어왔다. 세주가 유리창에 손을 갖다 대며 저번에는 창문에 커튼을 달았는데 이번에는 푸른색 블라인드를 달 거라고 했다. 나는 방과 잘 어울릴 것 같다고 말해주었다.

"그만 갈까?"

세주가 몽글몽글한 목소리로 말했고, 나는 응, 이라고 대답했다.

전깃줄에 새가 내려앉는 걸 보지 못했지만 우리는 화분이 놓인 빈방을 나와 언덕길을 천천히 내려갔다. 속도가 붙지 않게 무릎에 힘을 주고 발로는 바닥을 꾹꾹 눌러가며 걸었다. 그러다 약속이라도 한 듯 중간쯤에서 같이 걸음을 멈췄다. 반지하를 품은 언덕은 중간인데도 낮아서 불빛 점선이 한눈에 다 담기지 않았다. 담기지 않을 때는 방향을 조금 틀면 된다. 그러면 모두 볼 수 있고, 원하는 것을 찾을 수 있다. 우리는 별처럼 흩뿌려진 불빛 점선을 둘러보고 다시 걸었다. 어디로 가야 하는지 아는 발걸음이었다. 언덕 밑에 이르러서는 마주 보고 서서 인사를 나누었다. 그것은 돌아가야 할 방향이 서로 다를 때 하는 인사였다.

추천의 글

당신에게 가장 중요한 것은 무엇입니까
정이현(소설가)

　세주와 동하는 애틋한 사람들이다. 그렇지만 『세주의 인사』를 마냥 애틋한 소설이라고 하고 싶지는 않다. 그렇게 단순한 뭉뚱그림만으로는 다 설명될 수 없는 깊고 복잡한 것들이 소설 안에 놓여 있기 때문이다. 무엇보다 세주와 동하는 애틋하고 다정한 여운 너머의 더 먼 곳을 향해 씩씩하게 걸어갈 '청년들'이다. 서로를 통해 회복과 연대의 의미를 알게 되었으므로 그것이 가능하다.
　'당신에게 가장 중요한 것은 무엇입니까'라는 간단치 않은 질문을 받은 기분이다. 'ㅁ'으로 시작하는, 내가 아는 가장 멋진 인사를 돌려주고 싶어서 오래 생각해보았다. 미음, 미음. 입속에 온기가 감돈다. 혹시 이런 말은 어떨까. 마음대로 해도 괜찮아, 그게 무엇이든 말이야.

추천의 글

'ㅁ'을 남겨주세요, 내가 이어 쓸게요
차경희(고요서사 대표)

　반그늘에서 자라는 소설이 있다. 푸르거나 회색빛
인 그늘에 몸을 두고 고요히 자라나는 소설. 뜨겁고
눈부신 빛이 아닌, 그늘을 아는 자들이 쓰고 읽는 소
설. 반그늘 소설은 그늘에 몸을 두지만 늘 빛을 향해
있다. 반그늘 식물이 그러하듯 빛이 어디에 있는지
소설은 안다. 반지하 방에서는 높다랗게 달려 있는
창문을 향해, 어둠이 삼킨 침실에서는 하늘의 달빛
을 향해, 끔찍한 기억을 떠오르게 하는 생일에는 축
하의 마음을 담은 새하얀 케이크를 향해 소설은 나
아간다. 『세주의 인사』는 그런 소설이며, 나는 이 소
설을 읽어나간 시간이 참 좋았다. 마음에 흰 빛이 스

며드는 느낌이었다.

    세주와 동하는 한때 연인이었지만 서로를 다 이해하지 못하고 헤어진 사이다. 이별 일 년 뒤, 세주가 동하에게 아끼는 책들이 저장된 작은 냉장고와 문샤인 화분을 남기고 떠나며 멈췄던 두 사람의 시간은 다시 흘러간다. 이들은 서로가 책에 남긴 흔적들을 발견하며 상대에 대한 이해의 폭을 넓힌다. 냉장고 속 책을 같은 양분으로 삼아 성장한 두 사람은 상대의 세계를 좀 더 알고 싶어 서로에게 고개를 돌린다. 동하가 정성을 들여 보살핀 문샤인이 달빛을 향해 뻗어 가듯이.

    세계의 끝을 보기 위해 떠났던 세주는 모든 게 잘되지 않았던 곳으로 되돌아온다. 같은 곳에서 다시 시작해보고 싶어 제 발로 반지하 방을 찾아 들어가지만, 분명 세주는 몇 뼘이나 더 자라 있기 때문에 이전보다 창문 가까이 우뚝 자리할 수 있다. 할아버지는 손녀가 세계 일주를 꼭 하길 바라는 마음으로 '세주'라 이름 지었다고 하지만, 반지하 방에서 제자리를 찾아가는 세주의 모습을 보면 어쩐지 그 이름이 '세계의 주인'으로 읽힌다. 비정한 운명이 휘저은

삶이지만 비로소 자기 세계의 주인이 되어 한 걸음씩 나아가는 사람을 알게 되는 일은 늘 감동적이다.

 소설을 다 읽고 나니 나도 'ㅁ'으로 시작하는 문장을 써보고 싶어진다. 동하에게는 #만족과감사로버텨주어다행이에요, 세주에게는 #모든세계의주인은당신, 그리고 작가에게는 #마음을밝혀주어고맙습니다, 라고. 다른 독자들이 소설을 읽고 남길 'ㅁ'으로 시작할 문장들도 궁금해진다. 그 문장들을 잔뜩 모아 『세주의 인사』와 함께 냉장고에 넣어두고 이따금 꺼내 읽으며 삶의 양분으로 삼아보고 싶다.

작가의 말

 내 문장은 외로움을 잘 알고 있을까. 고통을 잘 담아내고 있을까.

 이야기 속에서 끝을 알 수 없는 외로움과 감당할 수 없는 고통을 맞닥뜨리면 나는 언어의 한계 앞에서 무너져 내립니다. 밤새 고쳐 쓰고 다시 써도 외로움의 끝에 닿지 못하고, 온갖 단어를 끌어다 써도 고통을 온전히 전달하지 못했다는 생각 때문입니다. 내 문장의 문제인가 싶다가도 외로움과 고통이 표현할 수 없을 정도의 크기라면, 표현을 벗어날 정도의 깊이라면 다른 이의 문장도 별반 다르지 않지 않을까, 라고 안도해봅니다. 그러나 간밤에 쓴 문장을 아침에 마주하면 여지없이 다시 무너지고 맙니다.

이럴 때 나는 이야기를 읽어줄 당신의 언어에 기댈 수밖에 없습니다. 내가 문장으로 담아내지 못한 그들의 외로움과 고통을, 나아가 그 너머의 것까지도 당신 마음의 언어는 볼 수 있을 거라고요. 느낄 수도, 이해할 수도, 가닿을 수도 있을 거라고요.

결국 그들 곁에 있어준 사람은 내가 아닌 당신일 것입니다. 있어준 당신에게 그들은 인사를 건넬 것입니다. 고맙다고. 괜찮아졌다고. 덕분에 따뜻한 바람이 부는 계절이 되었다고. 드디어 전깃줄에 새가 내려앉았다고.

나는 또 그렇게 당신의 언어를 빌리려고 합니다. 빌린 그 언어가 못다 한 문장을 대신해줄 거라 믿으며 나도 당신에게 인사를 드립니다.

고맙습니다.

2025년 봄

장은진

세주의 인사

초판 1쇄   2025년 5월 20일

지은이 장은진
펴낸이 박진숙 | **펴낸곳** 작가정신
편집 황민지 | **디자인** 이현희 | **마케팅** 김영란
재무 이하은 | **인쇄 및 제본** 한영문화사

주소 (10881) 경기도 파주시 광인사길 143 2층
대표전화 031-955-6230 | **팩스** 031-955-6294
이메일 editor@jakka.co.kr | **블로그** blog.naver.com/jakkapub
페이스북 facebook.com/jakkajungsin
인스타그램 instagram.com/jakkajungsin
출판 등록 제406-2012-000021호

ISBN 979-11-6026-362-6 03810

이 책의 판권은 저작권자와 작가정신에 있습니다.
이 책 내용의 전부 또는 일부를 재사용하려면 양측의 서면 동의를 받아야 합니다.